脳科学捜査官　真田夏希

パッショネイト・オレンジ

鳴神響一

角川文庫
22248

目次

第一章　オレンジ☆スカッシュ

【1】＠二〇二〇年八月一日（土）

七月末日は金曜日だった。真田《さなだ》夏希《なつき》は科捜研の連絡用務があって県警本部の刑事部に立ち寄った。

帰りにエレベータホールで鑑識作業服の男とすれ違った。

驚いたように立ち止まったのは、本部鑑識課の小川《おがわ》祐介《ゆうすけ》巡査部長だった。

「ああ、真田、本部に来てたのか」

年齢も変わらず階級でも下のくせに、小川は夏希をいつも呼び捨てにする。

「真田さんと呼びなさい」

小川は口の中で不明瞭《ふめいりょう》に、ごにょごにょと答えた。

「あのさ、明日《あした》の夜さ、野毛《のげ》山《やま》野音《やおん》で《オレンジ☆スカッシュ》のコンサートがあるんだけど、一緒に行くはずの友だちが風邪ひいちゃってさ。暇だったら来る？」

夏希から目を逸《そ》らして小川は早口で誘った。

「なに、そのバンド？」

聞いたことのない名前だった。

「まぁその……ガールズユニットなんだけどね」

小川はぼそっと答えた。

アリシア以外の女性には興味がないと思っていただけに、小川が女性アイドルのコンサートにいくこと自体が夏希には小さな驚きだった。

だが、そもそも小川の音楽の好みなど知らなかった。

「へぇ、そういうの好きなんだ」

「まぁね……」

小川はうつむいて答えた。

どんな雰囲気の音楽なのかはわからないが、あまり興味はなかった。

「忙しいのか？」

「別に用事は入ってないけど」

考えてみれば小川とは事件では何度も一緒になったが、プライベートで二人きりの長い時間を過ごしたことはなかった。ただ一度、家の近所でアリシアを連れている小川に偶然に出会って、小公園のベンチで並んでサンドイッチを食べた覚えがあるだけだった。

小川をもっとよく知るよい機会かもしれない。

（コンサートか……）

ロンドンにあるゴールドスミス・カレッジの非常勤講師で行動科学が専門のパトリック・フェイガンの研究によれば、二週間に二回程度、音楽ライブに行く人は寿命が九年延びる可能性がある。これはライブが多幸感を引き起こすことが主たる要因らしい。

ここしばらくはライブに縁のなかった夏希の脳裏に、いつか目にしたフェイガンのこの研究がよぎった。

「無理につきあわなくてもいいよ」

「いいえ、せっかくだから」

「そう、明日の六時に京浜《けいひん》急行の日《ひ》ノ出町《でちよう》駅の改札で待ってるから」

小川はにこりともせずに告げた。

「うん、ありがと」

「野音のサイト見といて。いろいろと注意事項があるから」

「わかった。じゃあね」

ちょうど来たエレベータに夏希は乗り込んだ。

小川はそそくさと階段の方向に歩み去った。

翌日の土曜日はよい天気だった。

雨傘は御法度なのでいざというときのためにデイパックにはビニール合羽《ガッパ》も入れてき

たが、今夜は取り出す必要はなさそうだ。

バックステージの背後には、夕陽に華やかに反射するランドマークタワーをはじめ、みなとみらい地区のビル群が見えている。コスモワールドの観覧車は日没前とあってまだ灯《あか》りが入っていなかった。

野毛山野外音楽堂は約二千五百人のキャパを持つので、日比谷《ひびや》公園大音楽堂よりは小ぶりだが、野外音楽堂としての設備は整っていた。樹脂製のベンチ型シートは硬いが、夏希には気にならなかった。

喫煙や飲食物の持ち込みはできないが、場内売店で購入したドリンク類はオーケーだった。夏希たちは《横浜《よこはま》ラガー》という地ビールを買ってディスポカップを手にして席に座った。

「うーん、喉《のど》にきゅんと来るっ」

休みの日に飲むビールはやはり美味《おい》しい。

しかも、いま夏希は難しい事案をなにひとつ抱えていなかった。

あっという間に一杯を飲み干した夏希は、売店におかわりを買いに走った。

小川はちびちびと飲んでいておかわりは必要なさそうだった。

六時半の開演時間のかなり前から満席の会場には異様な熱気が漂っていた。

中心となる観客層は三十代から五十代の男性だった。若い人もちらほら見えるが、多くは白髪混じりや髪の薄いおじさんたちだった。小川などはかなり若いファンだと言える。

女性の姿はほとんど見られなかった。

多くは白地コットンの胸に大きくノンアルコールカクテルのオレンジ・スカッシュを描いたオリジナルTシャツを着ていた。

小川もまたこのファンTシャツをデニムの上に着ていた。

フライヤーに目を落とすとメンバーは四人で、杏奈《あんな》、ゆん、咲良《さら》、朋花《ともか》とある。写真を見る限り、二十歳前後のようだ。どの子も声優として活躍しているとのことで、夏希の知らないアニメのタイトルが列挙されていた。

（小早川《こばやかわ》さんならみんな知ってるのかもしれないな……）

夏希はドルオタの要素を持つ小早川秀明《ひであき》警備部管理官を思い出していた。夏希とほぼ同年齢のキャリア警視である

共通点がまったくなさそうな小川と小早川にも会話が成り立つ領域が存在することに、夏希は興味を覚えた。

コミュニケーションスキルが高いとは言えない小川も、趣味を介してなら小早川との円滑な会話が成り立つかもしれない。

「真田、キンブレ持ってるか？」

ビールのカップを足元に置いて、小川は白っぽいペンライトを突き出して訊《き》いてきた。

「そのペンライトのこと？」

「知らないのか。キングブレードっていうLEDペンライトだよ。十五色に光るんだ」

子どものような笑顔でいう小川に夏希は二の句が継げなかった。が、いつものぶっきらぼうよりマシだとも言えるが。

「ああ、アイドルを応援するのに振るのね」

「持ってないなら、余ってるヤツ貸してやるよ」

「いいえ、借りなくていい」

ファンでもないのにペンライトなど振りたいとは思わなかった。

「そうか……」

小川はそれきり口をつぐんでしまった。

陽はかなり傾いたのか、あたりが少しだけ薄暗くなってきた。

会場のまわりの林からヒグラシの涼やかな鳴き声が響いている。

小川が手にしたペンライトが赤、黄、緑、青に紫と色が次々に変わってゆくさまが夏希の目を引いた。

あちこちで色とりどりのサイリウムやペンライトがネオンカラーに光ってる。

拍手が沸き起こった。

四人のアイドルに先立ってバックバンドのメンバーがステージに登場してスタンバイの位置についた。ギター、ベース。ドラムスとキーボードの四人に三人のホーン・セクションを加えた七人編成だった。すべてが男性ミュージシャンであった。

ドラムスがカウントを出して16ビートの曲が始まった。ベースがテンポのよいリズムを刻みはじめ、キーボードが明るい和音を響かせる。ブラスセクションが華やかな音色でテンションを上げてゆく。

上手と下手から派手な色彩が飛び出してきて夏希の目を奪った。

ステージに現れた四人組はサテン生地の色違いでそろいのワンピースを着ていた。赤、ピンク、イエロー、ブルーの四色。雰囲気的にはももクロに似ていた。

「うおーっ」

「ぐおーっ」

意味不明の雄《お》叫《たけ》びが響く。

「オレスカぁあ」

まわりのファンたちはいっせいに立ち上がり、歓呼の声で四人を迎えた。

一人だけ座っているとステージが見えないので、夏希も仕方なく立ち上がった。

赤い衣装の女子がステージ中央に進み出て、仁王立ちになった。

たまご形の小さな顔に大きな瞳《ひとみ》が際立つ。華奢《きゃしゃ》な身体つきが少女っぽさを感じさせる。

短い丈のスカートから突き出た白い両脚がまぶしく輝く。

のっけから度肝を抜かれた。

いや、その音楽性にではない。

歌は始まらず、サポートメンバーは軽いノリのままE7を基調としたコードでリズムを取り続けている。

赤い衣装の女子は、右手を額に真横に当て、遠くを眺めるような仕草を見せた。

ヘッドセットマイクを通した高く甘ったるい声がPAスピーカーから響き渡った。

「ここはサル山かぁ？」

夏希は自分の耳を疑った。

可愛らしいアニメ声から飛び出したのは、とんでもない言葉だった。

「いえーぃっ」

「あ〜にょん」

「オレスカ、神」

だが、ファンたちは雄叫びを上げ続けて歓喜している。

「サルどもぉ、元気してたぁ？」

ペンライトのネオンが激しく揺れている。

「うおーっ」

「あ〜にょん、最高！」

あ〜にょんの愛称から察するに、杏奈という名前の子のようである。リーダーなのだろうか。

サポートメンバーは、ずっとポップで軽いノリのリズムを弾き続けている。

ほかの子たちは、観客席に向かって指を突き出したり、顔をしかめたりしてそれぞれに不快感を示す表情を作っている。

「お前らの顔見てるとムカついてくるのぉ」

あ〜にょんはふたたび激越な言葉を、裏腹なアニメ声で叫んだ。

小川はうっとりとステージを見つめている。

「最初は『真夏フェバリット』いくよ」

夏希には耐えられなくなってきたところで、ようやく曲が始まった。


♪夏のお気には、キラキラ渚《なぎさ》のかき氷〜

♪ミントの潮風、熱い背中を駆け抜けて〜


どんな歌詞が飛び出すかと思ったが、まったく穏当な子どもっぽくかるいラブソングだった。

過激なＭＣとのあまりの落差に、夏希は口をあんぐりと開けている自分に気づいた。

それから、三曲はＭＣなしで歌が続いた。

どの曲も明るくかるくさわやかだった。

黄色い衣装の子があ〜にょんに代わってセンターに立った。

この子はやや面長で切れ長の瞳を持ち、あ〜にょんよりもちょっと大人っぽい感じだ。

脚が長くスタイルがいい。

「おまえら、みんな最低なんだよぉ」

　またもステージから客席に罵声《ばせい》が浴びせられた。

　声は可愛らしいことには変わりがないが、少しだけ低めのトーンだった。

「ゆんゆん！」

「ゆんゆん、もっと言ってぇ」

　男たちは身もだえする。

　この子がゆんに違いない。

　小川はと見ると、その場で小躍りしながら懸命にペンライトを振っている。

「い〜い？　ブオトコたち、よく聞くのよ」

　ゆんに罵《ののし》られて観客たちは陶酔している。

「ここにいるヤツらはニンゲン未満なの。おまえら、みんなサルなのよぉ」

　ゆんゆんは驚くほどひどい言葉を投げつけた。

「うえーいっ」

「うぉーっ」

　こともあろうに、観客たちの熱狂はますます盛り上がる。

　あまりにも不思議な光景が繰り返される。

「そうでしょ？　チンパンくんたち」

　ゆんはステージ近くの客席を指さした。

「ウキーッ」

「ウキキキッ」

観客たちは頭頂部に左右の手を当て、輪を作って奇妙な発声で叫んだ。

むろんチンパンジーのマネなのだろう。

夏希は絶句した。こんなコール＆レスポンスが存在するとは……。

「違う？　ゴリラたち？」

今度はゆんは真ん中あたりの客席を指さした。

「ウホホホッ」

「ウホッ」

観客たちはドラミングのジェスチャーで熱狂的に応《こた》えた。

「みんなさっさとサル山に帰ってよぉ」

「キキーッ」

観客たちは口々にサルの鳴き真似でゆんゆんの罵声に応えた。

無数のペンライトがネオン色に輝いて揺れる。

夏希の総身に鳥肌が立った。気持ち悪いほうの……。

まさかとは思うが、小川もサルのマネをしているのかと恐る恐る隣を見た。

さすがに小川はペンライトを振っているだけだったが……。

夏希はすっかり酔いも醒《さ》めて、ぼんやりと席に座った。

空を見上げると宙空に十二夜の月が明るく輝いている。

オレンジ☆スカッシュとファンたちの不思議なコール＆レスポンスをどう解釈したらよいのだろう。

これはオレンジ☆スカッシュとファンたちのハイコンテクスト文化の発露なのだろうか。ハイコンテクスト文化とは、コミュニケーションの当事者が共有している体験や感覚、価値観などが多く、伝えるスキルや努力を要さずに「以心伝心」で伝わってしまう文化のあり方を言う。反対概念はローコンテクスト文化である。

ＳＭ的な要素があることは間違いがない。

だが、それだけではない何かを感ずる。

彼らは職場や家庭で不本意な罵声に耐えている人々なのではあるまいか。

この会場では愛する女神たちから罵声を浴びせられる。それはふだんの罵声に耐えるためには有効な手段なのかもしれない。

オレンジ☆スカッシュのメンバーも、そのあたりをじゅうぶんに理解していて、ファンたちを罵るのではないか。

と、まじめに考えていたら最後の曲になったらしい。

渦巻く拍手と歓声が会場をうずめ尽くしていた。

あ〜にょんとゆんゆんがセンターに立ち観客に向かって顔中に笑顔を浮かべて叫んだ。

「いい？　アンコールしないでよぉ」

「アンコールしたら殺すからね」

メンバーは左右の袖《そで》に消えた。

サポートメンバーはそのままの位置に残っているので、アンコールはお約束なのだ。

観客たちは野獣のような声で「アンコール」を叫び始めた。

やがてドラムがビートを刻み始め、ベースがリズムを作った。ギターとキーボードがかぶっていってバックバンドはウキウキするようなオブリガートを奏でる。

ステージの両袖から四人が姿を現した。

四方から押し寄せる波のような熱狂が伝わってくる。

「ゆんゆん～！」

小川もピョンピョンと跳びはねて、ゆんゆんの名を叫び続けている。

ノリのいいアップテンポの曲が始まった。

アンコールナンバーは『モンキー♡LOVE』だった。

「いくよぉ。モンキー☆ダンス！」

あ～にょんの呼びかけに、誰もが身体をくねらせて踊り始めた。

サル　サル　サルというコールに、キー　キー　キーとレスポンスが応える。

四人の熱唱の間、総立ちの観客は身体を激しく揺らして惜しみない愛を送り続けた。

アンコールナンバーが終わると、四人は客席に思い思いに投げキスやウィンクを送って左右の袖へと消えていった。

オレンジ☆スカッシュと別れがたい気持ちにとらわれた大勢の観客たちが、座席から立ち上がらずにそのまま居残っていた。

「帰るよ」

ぼうぜんとしていた夏希は、小川に促されて後方の出口へと続く退出者の列に並んだ。

「どうだった？」

列に並ぶ人々に押し流されながら小川が訊《き》いた。

「変わってるね……」

そう答えるしかなかった。

「《オレンジ☆スカッシュ》が？」

「そう……でも、もっと変わってるのはあなたたちファンよ」

「俺たち？　推しを推しに推すのはふつうだよ。いい曲ばかりだろ。四人ともかわいいし」

まぁ、曲はふつうに楽しかった。だが……。

「あなたたちマゾヒストなわけ？」

「まぁ、同担はみんな信者ってとこかな……」

「同担ってなに？」

「自分が応援しているメンバーと同じ相手を応援する者同士をいうんだ」

「あなたは誰を応援しているわけ？」

「俺はゆんゆん推しだよ」

小川は肩をそびやかした。

「ああ黄色い服の子ね」

「そう。声優としての活動名は小野木《おのぎ》ゆん。人気絶頂なんだぜ」

「聞いたことないな」

「どうせ真田は声優の名前なんか知らないんだろ」

「まぁ、そうだけど」

たしかにほとんど知らなかった。

「オレスカのメンバーじゃ、ゆんゆんとあ～にょんが人気声優なんだよ」

「あ～にょんって赤い服の子だよね」

「そう。声優としての活動名は本多《ほんだ》杏奈《あんな》さ」

いつの間にか二人は会場の外へ出ていた。

「ま、男の人の趣味はよくわかんないね」

「女子の追っかけだっていただろ？」

「見たところ百分の三くらいじゃないの」

「まぁ多くはないけどね」

「おじさんが多かったよ」

小川はそっぽを向いた。

「この野音は狭いから、チケットだってとくに入手困難だったんだ」

「そう、それはありがと」

「せっかく誘ってやったのに、つまんなそうな顔をするなよ」

「だけど、好みじゃないっていってはダメ？」

「真田にはやっぱりわかんないよな。だいいちトシヨリだもんな」

「なにそれ。あなたとあまり変わらない年齢でしょ？」

「そうだけどなんていうのかな。音楽とか映画とかの趣味が年寄り臭いんだよ。ジャズとかクラシックとかだろ……織田《おだ》さんなんかと合うっていうか」

小川は鼻の先にしわを寄せて笑った。

夏希がムカッときたのはいうまでもない。

「あなたみたいにオタクじゃないだけよ」

「俺は小早川なんかとは違うよ。オタクじゃない。アニメや声優が好きなのはふつうじゃないか」

眉間《みけん》にしわを寄せて小川は気色ばんだ。

「わたしだってジブリやらドラゴンボールやらエヴァンゲリオンやら、いろんなアニメ視て育ったんだよ。新海誠《しんかいまこと》監督だって好きだし、去年だって『天気の子』はロードショー観に行ったんだから」

「そういうのと違うんだよなぁ」

小川は嘆くような口調で言った。

「違って悪かったね」

雰囲気は最悪になってきた。

前の道路に出たところで、いきなり肩をつかまれた。

「え？　なに？」

夏希が振り返ると、白いシャツ姿の体格のよい男が立っていた。

「真田、デートの邪魔して悪いな」

「あ、上杉《うえすぎ》さん」

刑事部根岸《ねぎし》分室長の上杉輝久《てるひさ》だった。

キャリア採用にもかかわらず警察庁でも神奈川県警本部でも危険視されて、部下が一人もいない根岸分室に追いやられている警視である。

「小川もなかなかやるじゃないか。ついに真田を口説き落としたか」

上杉は本気なのか冗談なのかわからないような口調で言った。

「違いますよ、ついでなんっすよ」

小川は顔の前で激しく手を振った。

「そう。ついでなんです」

夏希としても上杉の言葉は心外だった。

「ついでのデートってのがあるかよ。それに小川はずいぶんとめかしこんでるじゃないか」

小川はいつの間にかファンTシャツの上に、薄手のオフホワイトのコットンパーカーを羽織っていた。

「ふだんの服ですよ」

小川はそっぽを向いた。

「まぁ、その……真田はいつもとあんまり変わらないか」

「変わりません。ふだん着です」

ドルマンスリーブで襟付きのゆったりとした白いチュニックに、スキニーデニムをボトムスに選んだ。足元もブラウン系のフラット紐《ひも》サンダルなので特別におしゃれをしているわけではない。

「だけど、アリシアもいないし、事件には見えないぜ」

上杉が二人をからかっているだけなのだとわかってきた。

ドーベルマンの警察犬、アリシアを小川はコンビというより恋人のように愛している。

今日はアリシアがいないので、最近気に入っている《パリ リヴィエラ》のオードトワレだけは付けてきた。

仕事でアリシアと一緒になるときに香りの強いものを身につけていると、彼女の鼻が利かなくなると小川に怒られるのである。

どうして上杉がここにいるのだろうか。まさかサルと呼ばれたい連中のお仲間なわけではあるまい。

「真田に用がある」

夏希の疑念を見透かしたように上杉は言った。

「なんでわたしがここにいるってわかったんですか？」

謎だった。誰にも行き先は告げていなかった。

上杉はにやっと笑った。

「刑事部の若い女警から聞いたんだよ。真田警部補と小川巡査部長が今夜、野毛山野音でデートするってな」

「誰かに聞かれてたのか」

小川は言葉を詰まらせた。

「おまえら本部のエレベータの前で話してたんだってな。プライベートな約束を大通りで喋《しゃべ》るヤツがあるかよ」

上杉はさもおもしろそうに笑って言葉を継いだ。

「女警はその手の噂に飢えてるんだ。いや、女警だけじゃない。警察なんて場所はみんな誰かと誰かがデートしたなんて話は好物だ。エサを振りまいているようなもんだよ」

「一緒に行くはずだった小川さんの友だちが風邪引いたんで、余ったチケットをわたしに恵んでくれたんです」

「いや、俺は恵んだつもりはないよ。真田なら……まぁ暇かなと思って……」

「ええ、暇だったんですよ」

夏希もいまひとつ素直になれなかった。

「どっちでもいいや」

上杉は面倒くさそうに言った後で、夏希の目を見据えて言った。

「真田、これから鎌倉《かまくら》までドライブにつきあわないか？」

十メートルほど離れたところにグレーメタリックのワゴンが停まっている。飾り気のないクロスカントリー四駆は、上杉が乗っている覆面パトカーだった。

「あ、四駆の覆面だ」

「ランクルって呼んでくれ。トヨタ・ランドクルーザーの略称だ」

覆面パトカーで来ているからは仕事なのだろう。

「なにかあったんですか」

夏希が訊《き》くと、上杉は靴のかかとで地面をかるく蹴《け》りながら答えた。

「なにかあったのは昨夜《ゆうべ》なんだけどな」

「梶原《かじわら》の現場《げんじょう》っすか」

小川は事件についてなにか知っているらしい。

「そうだ。おまえ出張《でば》らなかったのか」

「うちの班は呼ばれなかったすね。でも、鎌倉署に捜査本部《ちょうば》が立ってるはずでしょ。なんで上杉さんが出張るんですか」

「俺は遊軍記者だ」

根岸分室という窓際で飼い殺しにされているのをいいことに、上杉は自分の関心によって事件を選んでいるフシがある。

「上杉さんは暇でいいっすよね」

小川は鼻から息を吐いた。

「暇じゃないさ。これでも事件解決に尽力しているんだ」

たしかに上杉は単独捜査で難事件をいくつか解決している。県警上層部のなかにも上杉の手腕を認めている者も出始めているらしい。

「とっくに実況見分も済んでいるのに何の用があるんすか」

「どうも腑《ふ》に落ちなくてな。真田に現場をみてもらいたいんだ」

「ずいぶん買ってますね。真田のこと」

小川は口を尖《とが》らせた。

「真田の直感は当たるからな。いままでだって真田のおかげで解決した事件は少なくないだろう？」

「まぁ、そう言や、そうなんですけどね」

「小川も来るか？」

「いや、やめときます」

意外と強い口調で小川は断った。

「暇なんだろ?」

「暇じゃありませんよ」

「どうせ真田以外に相手してくれる女なんていないんじゃないか」

「それは……」

小川は言葉を呑《の》み込んだ。

「いいじゃないか。つきあえよ」

「これから帰って十時から『夢ォヮ』を視るんですよ」

やけくそのような調子で小川は言い放った。

「なんだよ、それ」

「上杉さん、知らないんすか。『僕の妹は真夏の夜には夢を追わない』って、いますごくキてるアニメですよ」

「おまえも小早川と同類項か……」

上杉はあきれ声を出した。

「みんな視てますよ」

「みんな視てるって、小学生かお前は……」

夏希はアニメをほとんど見ないので、その長いタイトルも初めて耳にした。

「マジですごい視聴率なんですよ」

「そんなもん録画すりゃいいじゃないか」

「放送と同時に視たいんですよ」

小川は唇を歪《ゆが》めて答えた。

要するに小川は、夏希とこれ以上一緒にいたくないだけなのだ。

夏希は小川の趣味を悪しざまに言いすぎた引け目を感じ始めていた。

「勝手にしろ。行くぞ、真田」

「あ、はい……」

「刑事部には二人のデートは失敗だったって伝えといてやるよ」

上杉は笑い声で言ったが、小川は無視した。

「いいか、梶原の事案に俺が首を突っ込んでいることは誰にもいうなよ」

上杉は凄《すご》みのある顔で笑った。

「わかってますよ」

小川はふてくされたような声で答えた。

「小川さん、ありがとう」

「ああ……」

それだけ言って踵《きびす》を返した小川はさっさと歩き去っていた。

夏希はなにか心に残るものを感じながらもクルマに向かって歩き始めた。

「あれぇ」

上杉の視線を追うと、一人の長身の男が駅に向かって歩いている。

歩み寄った上杉は男の肩に手を掛けた。

「おまえ新庄《しんじょう》じゃないか」

男はびっくりしたように振り返った。

「あ、上杉さん、こんばんは」

三十代半ばくらいか。細面に鼻筋の通ったなかなかのイケメンである。オレンジ☆スカッシュのファンTシャツをダメージの多いデニムの上に着ている。ベリーショートのさっぱりしたヘアスタイルがよく似合っていた。

「おまえもコンサートに来てたのか。ファンなのか？」

「上杉さんこそ、ファンなんですか」

男は疑わしそうな目で上杉を見た。

「馬鹿言え、彼女のお迎えだよ」

上杉は親指を後ろに立てて、夏希を指し示した。

男が頭を下げて会釈したので、夏希は近づいてあいさつした。

「はじめまして、真田と言います」

「新庄です。上杉さんにはすごくお世話になっていまして」

よく通る声で新庄は、にこやかにあいさつした。

「お会いできて嬉《うれ》しいです」

「こちらこそ上杉さんの彼女さんにお目に掛かれて光栄です」

新庄はさわやかに笑った。

「あ、それは……」

このままでは上杉の交際相手と勘違いされてしまう。誤解を解きたかった。

「こっちから呼び止めて悪いけど、ちょっと急ぎなんだ」

ところが、上杉が会話に割って入った。

「ああ、すみません、また電話しますよ」

新庄は恐縮したように言った。

「そうだな。今度一杯やろう」

「いいですね。楽しみにしてます」

新庄はかるく手を振りながらその場を離れた。

去って行く新庄の姿に、夏希はちょっと胸がときめいた。

「あいつは俺が本部にいたときの部下だよ。こんなとこで会うとはな」

となると、新庄も警察官と言うことか。

「へぇ、新庄さん、オレンジ☆スカッシュのファンなんですね」

「小川と同じTシャツ着てたからな」

「意外にファン層が厚いんですね」

新庄はすごくまともそうな男に見えた、少なくとも、小川よりは……。

「そのようだな……さ、乗ってくれ」

夏希はステップに足を掛けて助手席に乗り込んだ。

サイドウィンドウを開けて外を見ると、新庄の姿はもう見えなかった。

また会えるチャンスがあるだろうか……。

夏希の思いとは関わりなく、ランクルは静かに動き始めた。

【2】

「現場ってやっぱり殺人ですか？」

クルマが県道に出ると、すぐに夏希は訊《き》いた。

「真田を痴漢やコソ泥の現場に連れてっても仕方ないだろ」

「で、何が腑に落ちないんですか」

「後で話すよ」

「先入観を持たせたくないんでしたよね」

最初に殺人事件の現場に連れて行かれたときに、上杉はそう言っていた。

「ま、そういうことだ。ところでさっき小川となんかモメてたみたいだけど？」

「別にモメてなんていません」

「そうかぁ。なんだか喧嘩《けんか》してたじゃないか」

上杉は疑わしげな声を出した。

「いえ……小川さんの趣味についていけなかったんです」

「オタクなコンサートなんかに行くからだろ」

「本人はオタクじゃないって言ってます。いえ、音楽は好みじゃないけど、まぁ、あんなもんだと思いました。問題はＭＣなんです」

夏希はコンサート会場でのコール＆レスポンスのようすを話して聞かせた。

「小川さんがまさかあんな趣味だなんて」

　上杉は笑い出した。

「男ってのは女の尻《しり》に敷かれたい生き物なんだよ」

「でも、サルって呼ばれて喜んでるんですよ」

　小躍りしていた小川の姿が脳裏に蘇《よみがえ》った。

「俺が警察庁《さっちょう》にいたときに、まわりに三人のキャリアがいてよ。三人とも歳もけっこう違ってたけどみんな女房持ちだった。こいつらが恐妻組合ってのを作っててね」

　上杉はとつぜん奇妙な話を持ち出した。

「わたしも警察共済組合の組合員ですよ」

　民間企業の健康保険と厚生年金保険に該当する事務を主な仕事としているのが公務員の共済組合である。

「そっちの共済組合じゃないよ。恐い妻の組合さ」

「なんですか？　それ？」

夏希の声は裏返った。

「朝、カイシャに来るとな、三人とも家での女房がどんなに恐いかを嘆き合うんだよ」

「どんなことを嘆くんです？」

「酒の飲み過ぎだと叱られて高級ワインを流しに捨てられたとか、職場健診でメタボと診断されたら何日も味噌汁《みそしる》しか出してくれないとか、アイドルのポスターを片っ端から破かれたとか、そんなどうでもいい話ばかりだ」

「愚痴を言い合ってストレス解消してるんですか？」

「違うな」

ハンドルを握ったままで上杉は首を横に振った。

「え、どう違うんですか」

「一見そんな風に見えるが、そいつらは『かぁちゃん恐い』ってノロけてるんだ」

「ぜんぜん意味がわかりません」

「もし、夫婦仲が冷え切ってたら、亭主の酒の飲み過ぎなんて気にしないだろ？」

「そうかもしれませんね」

「職場健診の結果なんて話したってロクに聞いてないはずだよな」

「たぶん、そうでしょうね」

「男女なんてのは年月が経つと相手に対してなんの興味もなくなる。子どもができたら、いっそう関心がなくなる。要するに恐妻組合の連中は、女房たちにかまってもらっているわけだ。女が男を叱るってのはその男に期待しているからだろ」

「なるほど……」

「家で冷たくされている男が、職場でわざわざ女房の話なんてしないよ。口にしたくもないはずだ」

「たしかに」

　上杉のいうとおりだ。夏希は妙に納得した。

「女房たちに日々叱ってもらってることを、自慢したい連中の集まりが恐妻組合さ。その連中と同一線上にいるのが小川たちじゃないのか」

「つまり、オレンジ☆スカッシュのファンは、愛する女性に叱られたい、かまってちゃんたちだというわけですか」

「そんな気がする。中高年は家で女房に相手にされない男たちなんじゃないか。若いヤツは女っ気がない連中だろう。小川だって女に叱られる機会なんてないだろう？」

「少なくともプライベートではなさそうですね」

　なにせアリシア以外とは他者と満足に心を通わせられない男である。

「でも、警察なんて朝から晩まで叱られるような職場じゃないですか。その上、叱られたいなんて、小川さんの心理は理解できないですよ」

「意味が違うんだよ。『真田、遅刻しないでね』って山内《やまうち》所長に叱られるのと、キアヌ・リーブスに叱られるのは一緒か？」

「比べる相手が間違ってますよ」

夏希は山内科学捜査研究所所長のたるんだ頬と突き出たお腹を思い出して苦笑した。

「二人ともたしか同い年くらいだぞ」

「そうなんですか……」

夏希は絶句した。

「『真田、書類が遅いぞ』って中村《なかむら》科長とブラッドリー・クーパーに叱られるのもぜんぜん違うだろ。この二人もたいして年変わらんぞ。ほらな、叱られる相手によるんだよ」

「そりゃまぁ……」

なんだか変なたとえだが、叱られた印象が雲泥万里の如く異なることはたしかだ。

「真田、お前が時々叱ってやれよ」

「はい？」

夏希の声は裏返った。

「そうすりゃ、小川もオレンジなんとかなんてのも卒業できるだろ」

上杉はふたたびにやっと笑った。

冗談ではない。たしかに小川と一緒にいてほっとする場面はある。しかし、なんで自分が小川の心配をしなくてはならないのか。意味不明だ。

「なに言ってんですか、わたしはご免ですよ」

ちょっと強い口調になってしまった。

「そ、そうか、ご免か」

上杉はいくぶんたじろいで答えた。

小川の話はともあれ、結婚生活というものは、夏希の想像できない領域が多いようである。

誰かと暮らす。毎日、顔をつきあわせている。本当にわずらわしいことが多そうだ。長年にわたって相手の男性に関心を持ち続けることなど、果たして自分にできるのだろうか。夏希には自信がなかった。

幸せホルモンと俗称されるオキシトシン。この神経伝達物質の分泌が不足すると、イライラすることが増え、不安感や抑うつ感を抱きやすくなる。オキシトシンは、恋人同士のスキンシップや、心地のよい性行為では顕著に分泌される。オキシトシンの減少を実感し始めてから、夏希は婚活を始めた。ちっともうまくはいっていないが……。

脳科学の見地からも人間は一人でいられない動物なのだが、二人でいることのわずらわしさを思うと夏希のこころには不安がひろがる。

「上杉さんは……」

結婚していたのかと聞きかけて夏希は言葉を呑《の》み込んだ。夫婦の関係に詳しいので家庭生活の経験を持っているようにも思われる。しかし上杉はカリナという名前の愛していた女性を事故で失ったと聞いている。上杉の過去の女性関係に安易に触れることははばかられた。

藤沢《ふじさわ》バイパスを戸塚《とつか》区の影取町《かげとりちょう》という場所で下りて県道に入るとランクルは真っ暗な畑の中を進み、工場や住宅の中を通って梶原口《かじわらぐち》という名のロータリーに出た。

「鎌倉って言ってもどこだかわからないです」

「ここをまっすぐに行くと長谷《はせ》の大仏だ。俺たちは左に曲がる」

ランクルがロータリーを曲がって同じくらいの幅の道へと入っていった。

スーパーマーケットや歯科医院、病院などがちらほら見えるが、静かな住宅地である。

ランクルはそのまま住宅地を奥へと進んだ。住宅が途切れがちになり、道は上り坂となって大きくカーブして山を登ってゆく。

かつての事件で追跡者から逃れたときの経験で、上杉の運転技術の高さはよく知っている。だが、今夜はタイヤを鳴らすようなこともなく、至ってジェントルなハンドリングを続けている。

小さな峠らしき場所を越えると、ランクルはかなり急な坂を下り始めた。

右側は谷となっているらしい。ついに住宅は消えてしまった。

「梶原という住宅地はまだ続いているんですか」

「そうだな。地名はまだ梶原だが、さっきの分譲地とエリアは変わったな。この道は北鎌倉駅へ続いているんだ」

「鎌倉の地理はあまりよく知らないんですが、地図で見ると梶原と北鎌倉って大きい道を通るとすごく離れていますよね」

夏希はスマホのマップを眺めながら言った。

「鎌倉は山がちな土地だが、山越えすると思いも掛けない場所に出るんだ」

やがてふたたび住宅が現れたところで、上杉は速度をゆるめるとステアリングを大きく右に切った。

カーブの右手にちょっとスペースがあるところで上杉はクルマを停めた。

「ちょっとの間だから勘弁してもらおう」

上杉はゆっくりと車を乗り入れた。

ふだんは近所の家のゴミの集積所になっている場所らしい。

ドアを開けて上杉がクルマから出たので、夏希も地面に降り立った。

上杉は右手の狭い道に入っていった。

入口付近に「鎌倉の縁結び　葛原岡《くずはらおか》神社」なる看板が出ていた。

「へぇ、鎌倉にも縁むすびの神さまがあるんですね」

「真田もお参りしたほうがいいんじゃないか」

「とうとう神頼みですか」

夏希は力なく笑った。

「ははは、まだ早いか」

いや、早いとか遅いとかの問題ではないような気がする。

湿った草の匂いが鼻腔《びこう》に忍び寄る。

クルマがすれ違えないような狭い道で、左側は植物の生い茂った崖《がけ》になっており、右側は遠くに家の灯《あか》りがわずかに見える谷あいとなっている。

家らしきものは見えず、街灯も少なかった。

「ずいぶん狭い道ですね」

「この道は鎌倉駅の裏側にある源氏《げんじ》山《やま》の方向に続いている。有名な銭洗弁財天《ぜにあらいべんざいてん》の横を通って鎌倉駅西口のあたりへ出る」

「あ、お金を洗うと増えるという霊水が湧く神社ですよね」

「そう。行ったことあるか？」

「いいえ……上杉さん鎌倉には詳しいですね」

「俺は寺社巡りが好きでね。悪事を繰り返した天罰が下らないように神ほとけに祈ってまわってるのさ」

「悪事って？」

「犯人確保のときにずいぶん怪我させたからな」

冗談か本気なのか、夏希には判断がつかなかった。

すぐに灯りが見えて、家が数軒出てきた

街灯の設けられた電柱に「梶原五丁目」と表示されている。

道路の右側は視界が開け、遠くにたくさんの灯りが輝いている。

「街の灯りが見えますね」

「県央方向だろう。鎌倉署のヤツから聞いたが、昼間なら天気がいいとここから富士山《ふじさん》がよく見えるらしい」

「いい場所なんですね。ここもまだ梶原なんですよね」

「うん。ちょっと行くと葛原岡神社でその先は扇《おうぎ》ガ谷《やつ》だが、すぐに大きなクルマが通るのはちょっと厳しい細道となっているんだ」

電柱のすぐ奥の右手に、崖を下りるコンクリートの急な階段が続いている。

上杉は階段へと足を踏み入れた。

「現場はこの先だよ」

「この階段？」

無言でうなずくと上杉は階段を下り始めた。

夏希も後に続いた。

人がすれ違うのにやっとくらいの幅の狭い階段である。

電柱ごとに街灯が設けられていて案外明るい。

階段の下から草の香りを乗せた夜風が吹き上げてきて頬に心地よく当たる。

左右にはそれぞれ三、四軒の家が建てられている。

途中から階段は、古びて真ん中がすり減った大谷《おおや》石《いし》へと変わった。上のほうのコンクリート部分は後から改修したものだろう。

谷底からキョッキョッというホトトギスの夜鳴きが聞こえてくる。

そろそろ鳴かなくなる季節だが、涼しい夜風のためなのだろうか。

家が切れたところに雑木林があって、左にはさらに急な階段が別れていた。もとの階段はそのまままっすぐ下に続いていた。

上杉が立ち止まった。

「ここだよ」

「現場ですか」

規制線の黄色いテープも外されていて、まがまがしい雰囲気は少しもない。

上杉はうなずいて夏希の顔をじっと見た。

「この場所からどんな印象を受ける？」

目の前は街灯の灯りで照らされたさみしい階段である。

振り返ると、両脇の家々から灯りが漏れている。何かを調理するような香ばしい匂いも漂っている。九時をまわっているが、酒の肴《さかな》でも作っているのだろうか。

「どんな……ひっそりとした平和な場所ですよね。鎌倉の奥の奥って感じですね」

答えになっていないことは自分でもわかっていた。

林の草むらから虫すだく声が聞こえてくる。

「ほかには？」

夏希は返答に窮した。

「以前に行った三《み》浦《うら》の剱崎《つるぎざき》海岸や栄《さかえ》区の瀬《せ》上池《がみいけ》のような特殊な場所には見えません。細くて長い階段自体は珍しいような気がしますが……」

「全長約八十メートルだ。上から三分の二あたりのこの場所で事件は起きた」

「ここで何があったんですか？」

「昨夜の十二時前頃のことだ。この場所で一人の男が何者かに背中を突き飛ばされた。男は階段を下まで転がり落ちて全身を強く打って死亡した。頸髄《けいずい》損傷による呼吸不全が主たる死因だ」

「何者か……犯人の見当はついていないんですね」

「そうだ」

「事故ではないのですね？」

「違う。見ての通り、防犯カメラなどまったくない場所だが、近隣の住民が被害者が『なにをするんだ』と叫ぶのを聞いている。その後、被害者のものと思《おぼ》しき絶叫が聞こえたそうだ」

「目撃者はいないのですか」

「残念ながら犯人の姿を見た者はいない。声を聞いたのは、すぐ上に住んでいる八十歳を過ぎた一人暮らしの女性で、声を聞いても怖くて外へは出られなかったそうだ」

「では、犯人の声は誰も聞いておらず、姿も見ていないのですね」

　上杉は黙ってあごを引いた。

「女性は一一〇番通報してくれた。鎌倉署の地域課員が駆けつけたところ、階段の下で倒れている被害者を発見したが、すでに死亡していた」

「動機の線としてはなにかわかっているのですか？」

「被害者が所持していた財布のなかの現金やカード類に、犯人は手をつけていない。物《もの》盗《と》りの線はなさそうだ」

「では怨恨《えんこん》が動機なのですね」

「おそらく間違いないな」

「わたしが考えなきゃいけないのは、犯人はなぜこの場所を選んだのかということですね」

「それははっきりしている」

「え？」

意外な答えに夏希は驚いた。

「被害者の自宅はこの左に曲がった奥に建つ家だ。一人暮らしなんだが、帰宅する直前に殺《や》られたんだよ」

上杉は雑木林の奥を指さした。

「じゃあなぜわたしを連れてきたんですか」

「うん……詳しいことはクルマに戻ってから話すが、とにかく印象を教えてくれ」

「あまり役に立たないかもしれませんが……」

「なんでもいいから話してくれないか」

「犯人は突き落とすことに成功したからいいようなものの、失敗して返り討ちに遭う可能性もあったわけですよね」

「そうだな。逆に自分が突き落とされた可能性もあっただろう」

「さらに、その八十歳の女性に被害者の叫びを聞かれています。もしその家にいたのが老人でなくて屈強な若者たちだとしたら外へ出てきたかもしれません」

「その通りだ」

「だから、犯人は切羽詰まっていたか、激情に駆られていたんだと思います」

「犯行が素人臭いわけだな」

「その通りです。手慣れた者なら、自分を危険にさらすような、こんな犯行手段は選ばないでしょう」

「加藤《かとう》もそう言っていた」

「あれ、加藤さん鎌倉署に応援ですか？」

ベテラン刑事の加藤清文《きよふみ》巡査部長は江《え》の島《しま》署刑事課勤務だ。

「そうだ。近隣署だから、駆り出されているんだよ」

「じゃあ、その線でしょう」

「被害者は仕事帰りに大船《おおふな》駅からタクシーに乗ったんだが、階段の上のところで降りた。これは運転手の証言が取れている。相当に酔っ払っていたそうだ。近所の人の話では、夜遅くにたいていそんな感じで帰宅するらしい。酔っ払って大きな声で歌いながら階段を下りることが多いようだ。犯行当夜も歌謡曲かなんかを歌ってのご帰還だったそうだ」

「犯人は待ち伏せしていたんですかね」

「おそらくそうだろう。上の道には身を隠すところがなさそうだから、この分岐点の奥に潜んでいたのだろう。そこで、被害者が歌いながら下りてくるのを知って、飛び出して突き落とした」

「どこに隠れていたんでしょう？」

「はっきりはわからないが、街灯の光が届きにくい陰《かげ》を選んで木々の間にでも隠れていたら、なかなか気づかれにくいだろう。ちょっとこの道の奥へ入ってみよう」

上杉は雑木林の中へ延びる急な階段を上り始めた。林に囲まれた民家が続いている。しばらく歩くと、ＲＣ構造二階建ての白壁の家が現れた。グラスエリアが広くとってあり、個性的なデザインはデザイナーズハウスと見えた。

「これが被害者の家だ」

「素敵な家ですね」

「大きくはないけど、気取った家だな。ほら、塀が低いだろう」

建物にはぐるりと白い木柵《もくさく》が廻《めぐ》してあったが、高さは四十センチほどで門扉もない。

「ほんとだ。塀っていうほどのものじゃありませんね」

「このあたりはよほど治安がいいのだろう。まわりの家もこんなのばっかりだ。だから、犯人はこの木柵を越えてその陰に潜んで、被害者が帰るのを待っていたのかもしれない」

表札には「蜂須賀《はちすか》」とある。

「蜂須賀さんはどんな仕事をしていたんですか」

「《サクラテレビ》につとめていた」

「テレビ局ですか」

「うん、詳しいことはクルマで話す。被害者が死んでいた場所にも行ってみよう」

二人はもとの階段へ戻ってさらに下っていった。

踊り場がいくつかあって階段は谷の奥らしい場所に出て終わっていた。

終端部分はコンクリートのゆるやかなスロープになっていた。

「被害者はここに倒れていた」

上杉は五メートルほどのスロープに立って言った。

この場所にも街灯が設けられていてそれほど暗いわけではなかった。

規制線テープや鑑識標識は片づけられており、殺人死体があったような痕跡《こんせき》はない。

スロープはクルマがすれ違うのが困難なくらいの道路に出ていた。左右は駐車場になっていて正面の斜面は杉林になっていた。夜気に杉の放つ芳香が漂っている。右側には住宅があったが、ここの家の人が異変に気づいたとしても、階段の上にいた犯人の姿を見ることはできないだろう。

「静かでさみしいような谷間ですね」

「この道を右手にもうちょっと下ると、たくさんの家がひしめいている住宅地に出る。

反対側の道はぐるっとまわっていて、葛原岡神社を経て階段の上に出るんだ。さぁ、階段を上り直して帰るぞ」

　突き落とされた現場まで上ってくると上杉が言った。

「もう一度現場をよく見ておいてくれ」

「わかりました」

　夏希は現場を再確認したが、とくに新しい印象は得られなかった。

　階段をさらに上へと戻りながら、夏希はもう一つのことに気づいた。

「犯人はこの現場付近をよく知っているはずですよね」

「そうだな、近所に人目がなく被害者宅付近に隠れられることも知っていたはずだ」

「となれば、顔見知りの犯行の可能性が大きいですよね。犯人に辿《たど》り着くのはそんなに難しくないんじゃないんですか」

「加藤は鑑取り班に入っているようだ。地取り班もこのあたりの住宅を一軒一軒廻《まわ》るようだが……」

　なぜか上杉は言葉を濁した。

　クルマに戻った上杉はすぐにエンジンを掛けて走り始めた。

「そろそろ教えて下さい。何が腑《ふ》に落ちないんですか」

　夏希は待ちきれずに訊《き》いた。

「その前に俺がどうしてこの事案に首を突っ込んだか」

「興味を持ったからじゃないんですか」

「実は違う。ここから先の話は真田一人の胸に留《とど》めてくれ」

上杉のあらたまった口調に夏希は緊張した。

「わかりました。誰にも言いません」

「黒田《くろだ》刑事部長からの内命なんだよ」

「本当ですか」

夏希は驚きの声を上げた。

黒田友孝《ともたか》刑事部長はバリバリのキャリア警視長だが、京都大学で心理学を学んでから法学部へ転科して警察官僚になった変わり種だった。夏希が採用されたのも神奈川県警に心理職の特別捜査官を置きたいという黒田刑事部長の方針に基づいている。携わったいままでの事件を通じて夏希に期待してくれている。

「問題は被害者の蜂須賀至郎《しろう》にあるんだ」

「《サクラテレビ》の人だそうですね」

「そう、鬼才と称されたアニメ・プロデューサーなんだよ。《サクラテレビ》のアニメ制作局アニメ制作部に在籍していくつもの名作アニメを手がけてきた」

「知りませんでした」

「いや、俺もそっちのほうは暗いんで、昨日、黒田刑事部長から初めて聞いたんだ。小早川あたりなら詳しいんだろうけどな……で、蜂須賀は昨年の十二月から総務部シニアアナリストという実体のない役職に左遷された。完全な窓際扱いで仕事はほとんどないそうだ」

「なんでですか。視聴率が稼げなかったとか？」

「そうじゃない。ヤツが携わったアニメはみんな好調だった。昨秋に問題を起こしたんだよ」

「どんな問題を起こしたんですか」

「セクハラさ。酔っ払って自分の部下だった女性スタッフに性行為を強要したんだ。その女性は《サクラテレビ》を退職したが、後に渋谷《しぶや》署に訴え出て蜂須賀は取調を受けたのさ」

「ぜんぜん知りませんでした」

「一部で報道されたが、それほど大きい扱いにはならなかった。おそらく《サクラテレビ》が抑えたのだろう」

「でも、いまの時代、そんなセクハラは生命《いのち》取りですよ」

「だがな、セクハラ自体がでっち上げだった可能性もあるんだ」

「え……どういう意味ですか」

「その四十代のスタッフの女性は誰かから命じられてセクハラを受けたと警察に訴える役に過ぎなかった可能性がある。蜂須賀が左遷されると訴えも取り下げ、現在は渡米して西海岸で優雅に暮らしているらしい」

「誰が仕掛けたんですか」

「いまのところ皆目わからない……だが、黒田刑事部長がわざわざ俺に内命を下したっていうことは大物がからんでいる可能性があるんだと思う」

「大物って、たとえば？」

「わからん。黒田刑事部長も具体的に摑《つか》んでいるわけじゃないようだ」

「誰にしたって、デッチあげセクハラ事件で葬り去るなんて許されませんよ」

「もっとも蜂須賀は酒癖が悪く、酔っ払うとまわりの女性に卑猥《ひわい》な発言をするような男だったので事実無根ではないのかもしれないが、ハニートラップくらいは用意したのかもしれない」

　夏希の頭は混乱してきた。セクハラ事件がでっち上げだとすれば、被害に遭ったのは蜂須賀のほうだ。その蜂須賀がなぜ殺されなければならないのか。

「セクハラによる左遷と今回の事件との間になにかつながりがあるんですか」

「要するにセクハラ事件で追い詰められた蜂須賀は、その一件の首謀者に復讐《ふくしゅう》を仕掛けたんじゃないかって疑いが捨てきれない。首謀者が復讐を恐れて蜂須賀を消したんじゃないかっていうわけさ」

「捜査本部もその線で動いているんですか」

　上杉は大きく首を横に振った。

「捜査本部長は黒田刑事部長だが、痴情がらみと見て蜂須賀の女関係を洗っている。もちろんこの線だって濃厚だ。大物犯人説は黒田刑事部長が一人でひそかに考えている筋読みだ」

「まさか大物が犯人だからってもみ消すつもりじゃないですよね」

「黒田刑事部長はそんな弱腰の男じゃない。その逆さ。変な横やりが入らないように極秘捜査をしようというわけだよ。あるいはそいつが実行犯の逃亡を図ったり、場合によっては消しちまったりするかもしれないからな」

上杉はうそ寒い声を出した。

「上杉さんの捜査についてはよくわかりました。でも何が腑に落ちないんですか」

「大物が蜂須賀を消すとなればそれなりの人間にやらせる。ヤクザか殺し屋か、その手合いに金を握らせて始末させるはずだ。素人にやらせれば必ず間違いが起きるからな。ところが……」

「あの階段で蜂須賀さんを突き落とすってのは素人そのものですね。騒がれて近隣住民が駆けつけたらアウトですからね」

「そうなんだよ。大物はそんな危ない橋を渡らない」

「どう考えても失敗する可能性が大きい現場でしたね」

「例の第六感はどうだよ？」

上杉はまじめな口調で訊いた。

「第六感ってなんですか」

「ほら、剱崎では『恐怖』って言ったよな」

「ああ、そうでしたね。訪れた人間に恐怖を与えるような場所だと感じるって言いましたね」

「瀬上池では『復讐』のイメージを感じ取っていたじゃないか。結局、両方とも事件の解決に大きく役に立った。今回はそういう直感は働かないか」

「とくに感じませんでした。やはり、犯人は切羽詰まっていたか、激情に駆られていたんだと思います。でも、これは直感じゃなくてふつうに考えたことです」

「加藤と同じ論理的帰結か……そうなると、黒田刑事部長はまったく無駄なことを考えているわけだな」

「考えすぎなのかもしれませんよ。捜査本部が追っている痴情がらみの線が正しいんじゃないんですか」

「うーん、そうかもしれないなぁ」

「上杉さんは黒田説に基づく捜査を続けるんですか」

「いちおうな……俺が加藤たちと同じことやってても仕方ないからな」

「わたしはどうすればいいんですか」

「なにか訊きたいことがあったら連絡するよ。この事案はふつうの殺人事件だから、真田は捜査本部には呼ばれないだろうがな」

「そうですね。おかげさまで今回は大変な思いしなくて済みそうです。ちなみに捜査主任は誰ですか」

「佐竹《さたけ》がやってるみたいだぜ」

佐竹義男《よしお》刑事部管理官はたたき上げの刑事出身の警視で、商社マンを思わせる容貌《ようぼう》に刑事らしい鋭い目つきの四十代後半の男である。

最初は夏希の存在をまったく認めていなかったが、最近ではかなり評価してくれている。

「佐竹さんとも会いたいですね」

しばらく捜査本部などに呼ばれていないので、いつものメンバーがなつかしかった。

「ま、佐竹や加藤みたいな刑事連中とはあんまりつきあわないほうがいい」

「なんでですか」

「あいつらガラが悪いだろ」

「上杉さんがいう言葉ですか」

上杉は声を立てて笑った。

「まったくだな……ところで夕飯食ってないんだろ」

「ええ、コンサート会場から上杉さんに誘拐されましたから」

「悪かったよ。どこかでおごるよ」

「ありがとうございます」

帰り道では、梶原の山を反対側に下りて、一キロちょうどでJR横須賀《よこすか》線の北鎌倉駅前の県道へ出た。線路の向こう側は建長寺《けんちょうじ》の深い杜《もり》である。

小袋谷《こぶくろや》交差点から北へ折れて根岸線の本郷台《ほんごうだい》駅を抜けたあたりのファミレスでハンバーグプレートをおごってもらった。

当然のように上杉は夏希の自宅まで送ってくれた。

現場と戸塚区舞岡町《まいおかちょう》の夏希の家は思いも掛けぬ近い距離にあることに気づいた。道路が空《す》いてさえいれば夏希の家と古都鎌倉はそう遠くないのであった。もっともペーパードライバーに過ぎない夏希は誰かのクルマに乗せてもらわない限り関係がないが。

十一時前に「横浜の軽井沢《かるいざわ》」と友だちにからかわれている舞岡の丘に帰ってくると、夏の夜風が吹いている。梶原の現場と似ている夜の香りに夏希は驚いた。考えてみれば、鎌倉とここでは植生も近いのだろう。

「お疲れ。くどいようだけど、今日のことは他言無用で頼む」

上杉は念を押した。

「もちろんわかっています」

「そうだ。その香水似合ってるぞ。リゾート感があるな」

「ありがとうございます」

かるく手を振ると上杉はウィンドウを閉めた。

（不思議な人だな）

坂を下ってゆくランクルを眺めながら、上杉が香水に気づいたことに夏希は驚いていた。小川はなにも言わなかったのに……。

星がきれいに瞬く舞岡の丘が、やはり夏希は好きだった。

空が澄んでいるのか、東の空を流れ星が尾を引いて横切った。

第二章　贖罪幽鬼《しょくざいゆうき》

【1】＠二〇二〇年八月三日（月）

週明けの月曜日、夏希は鶴岡八幡宮《つるがおかはちまんぐう》から由比ヶ浜《ゆいがはま》へとまっすぐに延びる若宮大路《わかみやおおじ》を鎌倉警察署に向かって歩いていた。

結局、夏希は梶原の殺人事案の捜査本部に参加することになったのだ。

若宮大路は源《みなもとの》頼朝《よりとも》が京の朱雀《すざく》大路を模して造った鶴岡八幡宮の参道である。この道を中心として鎌倉時代の都市計画は行われた。県道二一号線という役所がつけた名称は、関係者以外は誰も知らないだろう。

徒歩で十分くらいの距離があるのだが、鎌倉駅からの道筋にはカフェやアンテナショップなどいろいろなお店が並んでいて楽しかった。

九時前なので開いている店舗はほとんどなかったが、若いカップルから年輩の女性グループまでそぞろ歩く人は少なくなかった。

もっとも捜査会議前に買い物などをしているところを誰かに見つかったらお目玉を食うかもしれない。

真夏のおしゃれは難しい。とくに勤めに行くときにはあまりにカジュアルなスタイルは選べない。たとえば保守的な警察では、デニムはいまだに御法度である。

今日はライトグリーン系のリネンのパンツスーツに白いブラウス、パンプスの穏当なコーデを選んでみた。

若宮大路の東側に建つ鎌倉警察署は、鎌倉女学院という女子校の隣で、鎌倉体育館の正面にある明るくきれいな三階建ての建物だった。

石造りの一ノ鳥居の向こう側には、直接見えはしないが、視界を遮るものがなく、海が拡がっている地形を感じさせる。

横須賀線の車内で予習してきたところによると、かつてはもっと駅に近い二ノ鳥居近くのカトリック教会の横あたりにあったが、二〇一三年に由比ヶ浜よりの現在の場所に引っ越したそうだ。

三階の大会議室に上がってゆくと、「テレビ局職員殺人事件捜査本部」との掲示が出ていた。

「おはようございます」

本部に入るなり、声を掛けてきたのは、警備部の小早川秀明管理官だった。

「え？　小早川さん参加ですか？」

単純な殺人事件に警備部管理官が顔を出す必要はない。

「僕がいちゃおかしいですか」

小早川管理官はにやっと笑って答えた。秀才タイプに見えるが、ドルオタであるなど容貌とはかけ離れた側面をいくつか持つ人物でもある。

「今朝早く中村科長から電話もらったんですけど、ただの殺人事案と聞いています」

上杉に梶原の現場に連れて行かれた話は、むろん口には出せない。

「ただの殺人事案に、真田さん、あなたが呼ばれるわけないじゃないですか」

「たしかに……」

「またおかしなヤツがおかしなメッセージ送ってよこしたんですよ」

「そうか……わたしが呼ばれるのはそういう事案ですよね。でも、特別捜査本部が設置されるような事案だと思いますけれど……」

「上のほうの都合でしょう。幹部連中がほかの事案で忙しいのではないですか。僕にはよくわかりません。ただ、メッセージで事件の性質は変わってきたと思います」

そのメッセージってどんなの？　と訊《き》こうとしたら、小早川は首をかるく振って立ち去ってしまった。あるいは土曜日の夜に上杉が言っていた黒田刑事部長の思惑となにか関係があるのだろうか。

「真田と小早川が顔を揃えるとなると、まぁ、ろくな事案じゃないよな」

佐竹義男刑事部管理官が声を掛けてきた。

きちんと整えた髪やピシッと決まっているスーツ姿は夏でも変わらない。今日はさわやかな明るいグレーのサマースーツを着ていた。

「あ、佐竹さん、おはようございます」

「時間通りに始めるぞ」

佐竹は言い残して幹部席に戻っていった。

「おお、真田、久しぶりだな」

続けて声を掛けてきたのは、白い開襟シャツ姿の江の島署の加藤清文巡査部長だった。

「こりゃあ真田先輩、お疲れです」

隣には同じような格好の刑事部の石田《いしだ》三夫《みつお》巡査長も立っている。石田はずっと早く入庁しているくせに、自分のほうが年が若いことを誇っていつも夏希を先輩と呼ぶ。

「二人ともお元気そうですね」

「あちこち聞き回っても確証をつかめるような話が出てこないんで参ってたんだが、変な野郎がメッセージ送ってきたらしいな」

「わたしまだ聞いてないんですよ」

「ま、後で小早川が説明するだろ」

「どっちでもいいんですけど、俺、またカトチョウと組まされてるんですよ」

石田が嘆き声を出した。

「おまえなんか不満なのか」

加藤がすごんで見せた。

「いえ、別に……」

「じゃあ余計なこというな」

「ただね、せっかく本部に行ったのにいつまで高島《たかしま》署時代と変わらないでカトチョウの子分やらされてるっていうのもどうかと思いますよねぇ」

「なんなら江の島署に来るか」

「じ、冗談じゃないっすよ」

二人はいつもこんな調子だ。

大会議室内には会議用テーブルが寄せられたいくつかの島が作られていて、私服を中心とした五十人近い捜査員が着席していた。女性は夏希のほかに二人で、ともに本部捜査一課の捜査員のようだった。

窓側に寄せられたテーブルには無線機や有線電話が用意されていた。

九時ちょうどに捜査会議は始まった。

捜査本部長は鎌倉警察署の署長だった。鎌倉署は小規模署なので署長の階級は警視である。とは言え、佐竹管理官よりはだいぶベテランで役職としても格上である。

制服姿の鎌倉署長は、五十代半ばくらいのめがねを掛けた精力的な雰囲気の男性であった。

夏希は例によって先頭の島に座らされていた。

起立の号令を掛ける捜査員もおらず、いきなり司会役の巡査部長が佐竹管理官に声を掛けた。

「では、捜査主任お願いします」

刑事部長や捜査一課長が顔を揃える機会が多い特別捜査本部とは違い、気楽な雰囲気である。もっともすでに四回目だから、実務的な報告と話し合いが中心となるのだろう。

「今日から警備部の捜査員が一班参加してくれる。小早川管理官がリーダーだ。すでに事件の経緯については伝えてあるが、小早川管理官が新しい情報を伝達する」

佐竹が振ると、小早川は幹部席に座ったままでマイクに向かった。

「警備部の小早川だ。昨夜遅く県警本部の相談フォームに本事案の犯人を名乗る者から犯行声明が投稿された」

会議室前方の液晶テレビにおなじみの投稿フォームが表示された。

——鎌倉市梶原で《サクラテレビ》の蜂須賀至郎に天誅《てんちゅう》を下しました。　贖罪幽鬼
@アカ転生

会議室内にどよめきが上がった。

「なんだ贖罪幽鬼ってのは……」

加藤のつぶやく声が聞こえた。

犯行声明自体も異様だが、「贖罪幽鬼@アカ転生」なるハンドル名には夏希も驚いた。

だいいち意味がよくわからない。

「投稿者は例によって《Ｔｏｒ《トーア》》という匿名通信システムを用いてアクセスしたり、《ＸＪ７》などの匿名ブラウザを用いたりするなど特殊な手段を駆使してＩＰアドレスを秘匿している。現在、国際テロ対策室で鋭意追跡しているが、直ちに判明させるのは困難だと思われる」

最近ではこの手のメッセージを投稿する者はネット技術に長《た》けていて、ＩＰの追跡も困難を極めていると小早川は力説した。

「今未《こんみ》明《めい》投稿された第二メッセージで、犯人を名乗る者は今回の犯行動機と、次なる犯行の予告をしている」

画面が切り替わった。

――アニメ化された『僕の妹は真夏の夜には夢を追わない』の主役、多賀《たが》マリンの扱いが原作小説と大きく違って許せません。マリンは俺の嫁です。俺の心を踏みにじった制作者たちに天罰を与えます。次の鉄槌《てっつい》を待っていてください。　贖罪幽鬼

どよめきはもっと大きくなった。

夏希には信じられなかった。アニメのキャラクターの扱いが気に入らないからと言って、その制作者を殺すものだろうか。

「意味がわからん」

「アニメオタクか……」

「俺の嫁ってなんだよ」

捜査員の誰もが同じ感覚を抱いているのか、不規則発言が目立った。

「静かに！」

司会者がたしなめると、会議室には静寂が戻った。

「見ての通り贖罪幽鬼を名乗る人物は、自分の動機を明確に主張している。『僕の妹は真夏の夜には夢を追わない』は津《つ》田《だ》清《すぐる》が原作の同タイトルのライトノベルで百万部のベストセラーとなり、この春から《サクラテレビ》でアニメ化され、週一回毎週土曜日の夜に放映されている。アニメも大ヒットし高視聴率が続いている」

（これって……小川さんが好きなアニメだよね）

小早川の言葉に、夏希は驚きを隠せなかった。

「実は二〇一五年に、この事案と軌を一にする動機の脅迫事件が警視庁管内で発生している」

小早川は会議室内を見渡してちょっと言葉を切った。

会議室はしんと静まりかえった。

「二〇一五年の事案は、同じ《サクラテレビ》のアニメである『星のしずくはスイカ畑の夜に永遠《とわ》に光る』の制作者に対する脅迫事件である。被害者は同作の脚本を担当した脚本家の村越直人《むらこしなおと》さんだった。犯人は村越さんに対して『死ね』『俺の嫁をないがしろにする者は天罰を受ける』『いまに地獄を見ることになるぞ』などの脅迫メールを三百通以上送りつけた。さらに悪質なことに、ネットにアップされていた村越さんの写真を加工して血まみれにしたファイル等を添付してきたケースもあった」

　固唾《かたず》を呑《の》む音が聞こえるなか、小早川管理官はゆっくりと言葉を継いだ。

「この事件の犯人もネット技術に長けていてプロクシや海外サーバーを駆使して発信ＩＰアドレス等を秘匿していたが、警視庁は発生からおよそ三ヶ月後、埼玉県在住の三十五歳の無職の男を逮捕した。逮捕された男は、主人公の妻木《つまき》ナオという高校生アイドルの熱狂的なファンだった。供述によれば、犯人はナオに対する描写が自分の理想と離れていく展開にガマンができなかったそうだ。とくにライバル役の女性である市橋《いちはし》ミドリというキャラばかりが目立つことで、脚本家がナオをないがしろにしていると思い込み、村越さんに対し強い憎しみを覚えたということだ。本事案と相通ずる部分が少なくない」

　会議室には声にならないどよめきがひろがった。

　小早川管理官は佐竹管理官に目で合図を送った。

「ただし、単に脅迫に留《とど》まった警視庁管内の事件と異なり、本事案の犯人は現実に蜂須賀至郎さんを殺害している。犯人の凶悪性が比べられないことはいうまでもない。我々に課せられた課題は、犯人の一日も早い確保。それにも増して次の被害者を絶対に出さないことである」

　佐竹管理官は力強く言い切った。

　もし、このメッセージの主張が真実だとしたら、一昨日の上杉の話とはかけ離れている。つまり黒田刑事部長の筋読み違いとしか言いようがない。

「被害者の蜂須賀至郎さんはアニメ制作当時は『僕の妹は真夏の夜には夢を追わない』の制作統括責任者であり、キャスティングはもとより、物語の方向性に対しても強い影響力を持っていた。次の犯行予告が何者をターゲットとしているのかは、現時点ではいまひとつ明確ではない。だが、警備部を中心に《サクラテレビ》に所属する本アニメの監督をつとめる奥平信次《おくだいらしんじ》さん、脚本家の別所隆治《べっしょたかはる》さん、さらに犯行声明中にも名前が出ていた多賀マリン役の声優である小野木ゆんさんに二十四時間の警護を付す態勢をとる」

　小早川管理官の説明を聞いて夏希はまたも驚かされた。

(え……ゆんゆんのことだよね)

　土曜日に野毛山のコンサートで「おまえら、みんなサルなのよぉ」と叫んでいた小野木ゆんの姿が鮮やかに蘇《よみがえ》った。まさかこんなところで名前が出てくるとは思わなかった。

小川の推しではないか……。

「なお、贖罪幽鬼@アカ転生というハンドル名の意味は必ずしも明らかではないが、贖《しよく》罪《ざい》とは犠牲や代償を捧《ささ》げ、その罪を購《あがな》うことを指す。本人の復讐《ふくしゆう》の意思を込めた言葉と思量できる。@アカ転生はアカがアカウントを指すものと思われ、転生はライトノベルなどで好まれるテーマの一つである。アカウントを作り直したと言うような意味合いかもしれないが、幽鬼も含めて感覚的に名乗っただけで、このハンドル名の分析に時間を費やす意味は少ないものと思量する」

小早川管理官は生まじめに説明を加えた。

その後、捜査員たちから捜査の進捗《しんちよく》状況についての報告が続いた。

地取り班は、例の八十代の女性のほかには目撃者はおろか、声を聞いた者もいないという報告をしたに過ぎなかった。

何人目かに加藤が立って鑑取りについて話した。

「今日の小早川管理官の説明があるまで、我々は単に蜂須賀の痴情関係を洗ってたわけです。たった三日間なのに追いかけられないほどたくさん出てきましてね。蜂須賀は十年前に女優だった女房と離婚してから独身ですが、これがまぁ女にだらしがないっていうか……死んだ時点でつきあってた女が五人くらいいましてねぇ。別れた女は数知れずってわけです。クラブのホステスから《サクラテレビ》や制作会社のスタッフから女優まで、まわりの女に片っ端から声を掛けていた男ですね。さすがはセクハラ事件で左遷されたヤツですよ。別れ方もいい加減なんで、恨みを持っている女なんて一ダースくらいいそうな感じでしたよ」

「かなり主観的な報告だな。わかっている女性関係をまとめて文書にして提出してくれ」

佐竹管理官が淡々と命じた。

「だってそのアニメオタクが犯人なんでしょ？　もう痴情関係の線は捨ててもいいんじゃないんですか」

加藤はわずかに声を尖《とが》らせた。

「うーん、どう考えるべきか……」

佐竹管理官はうなった。

「今日の犯行声明で、本事案の性質は百八十度変わったと言ってよいでしょう。アニメファンの犯行と考えるべきでしょう」

小早川管理官はきっぱりと言った。

「しかし、メッセージ自体が偽装である可能性も捨てきれんだろう」

佐竹管理官はいつも慎重な男だ。

「たとえば、蜂須賀さんに恨みを持つ女性がアニメファンを騙《かた》ったというわけですか」

小早川管理官はみけんにしわを寄せた。

「そういうこともあり得るだろう」

「可能性はわずかだと思いますが」

「次の犯行が実行されればはっきりするわけだが、そんなことは絶対に避けなければならない」

佐竹管理官のいうとおりだ。

もし、このアニメの関係者が続いて被害に遭えば、その時点で痴情関係の線は消える。また、黒田刑事部長の憂慮も消えてなくなるわけだ。この犯人は間違いなく『僕の妹は真夏の夜には夢を追わない』の熱狂的なファンであることになる。

夏希はアニメファンの犯行という事件の性格にぼんやりとした違和感を覚えた。ただ、その正体ははっきりしなかった。

「わかりました。簡単にまとめて後で報告書出しますよ」

加藤は意外にすんなり旗を巻いた。

「いまの時点ではメッセージの真実性を担保する材料はない。さらになりすましの線も捨てきれない。そのことは全捜査員が意識に留めておいてくれ。とにかく次の被害だけは何があっても防がなければならない」

佐竹管理官が釘《くぎ》を刺して捜査会議は終わった。

捜査本部長の鎌倉署長が退出した。捜査員たちは会議室の後ろのスペースに班ごとに集まって今日の行動の打合せを済ませると、三々五々、外へと出て行った。

「おい、石田。明日《あした》の朝までにまとめとけよ。蜂須賀の女関係」

加藤の言葉に石田は仰《の》け反った。

「なんで俺がやるんですか」

「なに言ってんだ。おまえは俺と組んでんだぞ」

「だけど……」

「嫌なら佐竹に断って来いよ」

「無理言わないで下さいよぉ」

「いいから行くぞ」

加藤は石田の肩をぽんと叩《たた》いた。

「どこ行くんですか」

「アニメオタクの線は小早川たちに任せとくしかないだろう。俺たちはまだ、蜂須賀の女関係を追いかけるんだよ。佐竹もそう言ってたじゃないか」

「まるっきり無駄になるかもしれないんですよ」

「馬鹿、刑事の仕事なんてそんなもんだ」

二人はそそくさと会議室を出て行った。

会議室内には、夏希のほかに佐竹、小早川の両管理官と、連絡係など五人の制服警察官とが残った。

部屋が静かになると、小早川管理官が夏希の席に近づいて来た。

「真田さん、いつものお仕事が待ってますよ」

予期していたものの、気が重いことには間違いがなかった。

「犯人を名乗る投稿者に、こちらから連絡取れるんですね」

夏希の声は少しだけ曇った。

「不思議なことに、今回の犯人はメアドを送ってきてるんですよ。以前にも説明しましたが、ゲリラメールと呼ばれる捨てアドレスです。一時間で消えてしまい、個人情報の登録は必要ないヤツです」

「でも、一時間で消えてしまうんでしょう」

「それが空メールを数時間ごとに送って来ているんです。こちらからのアクセスを待っているとしか思えません」

「よかった……ツィンクルみたいなSNSじゃなくて……」

SNSで公衆の面前にかもめ★百合《ゆり》として自分をさらすことへの嫌悪感は消えなかった。ひと言でも書くと何百件もの興味本位のリプライがつくのだ。

「おや、かもめ★百合はツィンクルのスターじゃないですか」

小早川管理官は薄ら笑いを浮かべた。

「冗談じゃありませんよ」

夏希は口を尖らせて答えた。

「とにかく、現時点では生きてるメアドがあるんです」

小早川管理官はテーブルの上で起《た》ち上がっているノートPCの前に座ってマウスを操作した。

県警用のメーラーが起動すると、小早川管理官は夏希に席を譲り、掌でPCを差し示して催促した。

「わかりました」

夏希はいつもの調子で呼びかけのメールを打ってみた。


——贖罪幽鬼さんへ。神奈川県警心理捜査官のかもめ★百合です。あなたのお話を伺いたいと思っています。このメールにお返事頂けると嬉《うれ》しいです。

かもめ★百合

「こんなところでどうでしょう？」

「いいんじゃないんですか。送信して下さい」

小早川管理官の言葉に従って送信操作を行った。

さすがにすぐに返信があるとは思えなかった。

「ところで小早川さん、贖罪幽鬼はいったい次に誰を狙おうとしているのでしょう？」

「さぁ……いまのところはっきりしたことはわかりませんね。その点も含めて、真田さんのアクセスに期待しているんですよ」

「答えてくれるといいのですが」

「それともうひとつは犯人像ですね」

「警視庁の事案みたいに、やっぱり男だろ」

佐竹管理官が近づいて来て声を掛けた。

「そうですねぇ。多賀マリンが俺の嫁だと言ってるんですから」

「俺の嫁っていうのはかなり気持ち悪い言葉だが、初めて聞いたぞ」

佐竹管理官は顔をしかめた。

「一般的には男が理想的な女性を称する言葉ですね。実在するアイドルを指す場合もありますが、漫画やアニメなどの架空のキャラクターに向けた愛情表現として使われます」

「やはり、この贖罪幽鬼の造語じゃないんだな」

「もちろんそうですよ。かなり広範囲に使われています。英語圏では〝mai waifu〟あるいは〝waifu〟と記述されます。これはわざとスペルミスをしているわけです」

「ちょっと待てよ。日本だけじゃないのか」

佐竹管理官は目を大きく見開いた。

「ええ、この概念はアメリカ、フランス、イタリア、中国、韓国と世界的に広まっています」

「おい、世界はどうなっちまうんだよ。男たちがみんなマンガだのアニメのキャラクターに恋しちまうのか」

佐竹管理官は極論を口にしているように感じられた。好きなキャラクターを言葉の上でどう表現しようと、現実の異性との関係を築いている男たちだって少なくないだろう。

「女性ファンが男性キャラクターに対して使うことも珍しくはありません」

「女もか！　少子化が進むわけだな。男も女も現実の異性より架空のキャラクターを愛してるって言うのか」

「いや、俺の嫁という言葉を使う誰もが現実の異性に興味がないわけではありません」

夏希の考えていたことを小早川も口にした。

「小早川さん、あんたもそのクチか？」

「ち、ちょっと待って下さい。僕は別に二次元には興味がないですよ」

小早川はあわてて手を顔の前で振った。

「そうですよ。少なくとも小早川さんの俺の嫁は、リアルに存在するアイドルですよ」

夏希の言葉に小早川管理官はぶんぶんと首を横に振った。

「いや、いつも言ってるようにですね。僕がアイドルに詳しいのも、警備部幹部として社会の現状を把握するための職務の一環ですよ」

佐竹管理官はにやにや笑いを浮かべていたが、急にまじめな顔に変わって夏希に訊《き》いた。

「俺の嫁ってのは心理学的に言うとどういうことになるんだ？」

この佐竹管理官の問いに答えることは夏希には難しかった。

「残念ながら、二次元アイドルの分野は詳しく勉強していません。ただ、物語の熱烈なファンは、作品やキャラクターに対する一体感を求めます。贖罪幽鬼はその一体感をアニメ制作者たちが破壊したと感じたのだと思います」

「ふたつのメッセージから贖罪幽鬼の性別や年齢などの特徴は把握できないか」

「無理ですよ。さすがにボリュームが少なすぎます」

「それでもあえて何か気づかないか」

「そうですね……文法的に間違いがなく、端的な表現でわりあいと複雑な内容をきちんと表現しています。少なくともある程度の教育を受けた人物であることは推定できます。ですが、年齢や性別までは……」

「そうですね、現時点では贖罪幽鬼の性別や年齢は保留にしておいたほうがいいかもしれませんね。ところで、佐竹管理官はこのメッセージが偽装である可能性をご指摘なさっていましたが……」

「いや、あくまでその可能性が残っているだけのことさ。ふつうに考えればいかれたアニメオタクの仕業だろう」

佐竹管理官の言葉を遮るように、ＰＣからメール着信音が鳴った。

「来ましたね」

小早川管理官がかすれがちの声で言った。

会議室内に張り詰めた空気が漂った。

――アニメの多賀マリンは間違っています。マリンはいつだって俺をサルと呼んでくれます。あんなのはマリンじゃありません。そんな最低の改悪をした蜂須賀至郎を許せ

ません。俺のマリンをアニメで殺さないで下さい。　贖罪幽鬼より

「なんだ……これは……」

佐竹管理官はモニターを覗《のぞ》き込むなり目を剝《む》いて絶句した。

（サルと呼んでほしいシンドロームなのか……）

夏希の脳裏にふたたびコンサートでの小野木ゆんの姿がありありと蘇《よみがえ》った。

「犯人がなにが気に入らないのか、少なくともひとつはわかりましたね」

小早川管理官は我に返ったように言った。

「よくわからんぞ」

「小説内の妹役である多賀マリンは、彼氏であるトモキを常にサルと呼びます。『おい、サル、早くアイス買ってこいよ』と、こんな感じです。マリンはトモキに対して常に高圧的で支配的な女性なのです」

「いわゆる女王さまってヤツか」

「大雑把に言えば、そうなりますね」

「で、こいつは、マリンって役が彼氏をサルって呼ばないから腹を立てているわけか」

佐竹管理官は信じられないという風に首を振った。

「そうです。アニメではサルの代わりにボケという言葉に置き換えられています。アニメ化に際して、さすがに恋人をサルと呼ぶのは過激に過ぎると判断されたのでしょう」

「そりゃそうだよ。俺にはまったく理解できん。要するに女に自分のことをサルと呼んでほしいのか……この男は……」

「まぁ、そうなんでしょうね……ところで、贖罪幽鬼というまがまがしいハンドル名とはちょっと印象が違う文体ですね」

　モニターから顔を上げた小早川管理官が言った。

「そうだな、もっと威圧的な雰囲気で書いてくるかと思っていたんだが……」

「どこか脱力感を帯びた文体のように感じますね。真田さんはどんな印象を持ちましたか」

「非常に内向的に見える文体ですね。誰かに対して発信しているというよりも独り言を言っているようにも見えます。さらに、あえて攻撃的な文章を避けているとも思えます。こんな文体を選んでいる点で間違いなく知能が高い人物です。また、自己を覆い隠している側面が見受けられるので慎重で狡猾《こうかつ》さを持っているように感じます」

「つまり犯人は文面からうかがえるような内気なタイプではないと思うんですか」

「一種の直感ですが、違うように思います」

「なぜだ？」

　佐竹管理官は不思議そうに首をひねった。

「自分に自信がない内気な人間ほど、匿名のメッセージでは自分を大きく見せようとするものです」

「それは正しい分析ですね……ああ、真田さん、メアドが有効なうちに返信して下さい」

「わかりました」

——贖罪幽鬼さん、お返事ありがとう。あなたの気持ちはわかりました。マリンを守るためにきちんと対応します。だから、これ以上、悲しいことを続けないで下さい。

かもめ★百合

「いいでしょう。送信して下さい」

夏希はマウスを操作した。

しばらく待ったが、返信はなかった。

「新しいメアドからの次の空メールを待ちましょう」

小早川管理官は肩をすくめた。

「それにしても小早川さん、あんたこのアニメや原作の小説のこともよく知ってるな」

佐竹管理官はなかばあきれ顔で言った。

「アニメ化でサルという表現がボケに置き換えられたことに、ツィンクルや巨大掲示板などでは、ファンからかなり激しい批判が巻き起こっていましたから。僕は毎日、帰宅するとツィンクルのトレンドをチェックして、いま何が話題になっているのか、国民の関心はどこにあるのかをチェックするようにしているのです。国民の実態を知ってこその警察行政ですからね」

小早川管理官は言い訳するように言った。

「さすがにキャリア官僚は、俺たち刑事《デカ》とは考えてることが違うわな」

佐竹管理官はからかい半分の声を出してから、まじめな顔で言葉を継いだ。

「ところで、サルをボケに置き換えたのは蜂須賀至郎の判断なのか」

「確認はとっていませんが、ネット界では通説のようです。この問題に関して《#蜂須賀許せん》というハッシュタグで数万件の発言がツィンクルに登場した日もありましたんで」

「だから、贖罪幽鬼は蜂須賀至郎に憎しみを募らせたのか」

「いまの返信を見る限りはそう考えられますね」

「それにしても『マリンはいつだって俺をサルと呼んでくれます』ってすごいな。小説中のセリフが自分に向けられていると思い込んでいるわけだからな」

佐竹管理官はうなった。

「ええ、かなり妄想入ってるようですね」

夏希は気になっていた《オレンジ☆スカッシュ》について訊いてみることにした。

「ところで小早川さん、多賀マリンの声を担当している小野木ゆんさんですが、《オレンジ☆スカッシュ》というバンドで音楽活動もしているようですね」

「真田さん、そんなことよく知っていますね」

小早川は驚きの顔を浮かべた。

「小野木ゆんはまだ十八歳でデビューは昨年の夏です。デビューしてから、テレビアニメを中心にいくつかの個性的な脇役を演じていました。《オレンジ☆スカッシュ》の結成は昨冬で、こちらは人気声優の本多杏奈をリーダー格に、サブリーダーの小野木ゆん、さらに矢部咲良、高橋朋花という新人声優をメンバーに加えて大々的に売り出したバンドです。半年ちょっとの活動期間ですでにかなりのファンがついているようです」

「本多杏奈っていう声優さんはどんな方なんですか」

「彼女は二十歳ですが、劇場用アニメの二〇一八年『アリスタボーイズの栄光』をはじめ、二〇一九年の『ユキと青い空』『亡国のプラット』などで主役をつとめている声優です。ほかの三人のメンバーよりは一歩前に出ている感じですね」

「小野木ゆんさんの声優としての活動はどうなんですか」

「今回の『僕の妹は真夏の夜には夢を追わない』で大抜擢《だいばってき》ですよ。というか、ようやくここから声優としての花道を歩み始めたところでしょう。アニメのほうも『夢オワ』なんて呼ばれていい視聴率とってるんです。張り切っているところに今回の事件ですから、ちょっとかわいそうになってきますね」

「あの……ちょっと聞いたのですが、《オレンジ☆スカッシュ》のコンサートでは、メンバーがファンをサルと罵《ののし》って会場が沸き返り、ファンがサルの鳴き真似をして応《こた》えるようなコール&レスポンスがあるそうですね」

「そんなことまで知ってるなんて！」

　小早川は目を大きく見開いた。

「いえ……人から聞いただけなんですが……」

　夏希としては土曜日のコンサート会場にいたことを小早川に告げたくはなかった。

「《オレンジ☆スカッシュ》は、デビューのときからファンをこき下ろすことで人気を博していたんです。《サディスティック・シスターズ》なんてあだ名もあるくらいです」

「な、なるほど……で、サルって言うのも」

「あれは小野木ゆんが『僕の妹は真夏の夜には夢を追わない』の小説ファンに対するサービスとして始めたんですが、大受けしちゃったんで最近は定番になっているみたいですね」

　ふと気づくと、佐竹管理官の元気がない。

　椅子にぼんやりと座っている。

「俺には二人の話していることが、さっぱりわからん。娘と会話が成り立たんわけだな」

　そう言えば、佐竹には高校生の娘がいるのだった。

「お嬢さん、高校でしたよね」

「そうだ。進路についていろいろと話したいんだが、ぜんぜん口をきいてくれんのだ。それどころか、俺が非番で家にいると、すぐに外へ出かけてしまってね……どうも避けられているとしか思えない」

「そういう年頃が女の子には必ずあります。精神的に健康に育っている証拠ですから、気にしないほうがいいです。だいたい大学生くらいの年頃になるとふつうに話せるようになりますよ」

「それならいいんだけどな……」

娘の話となると、いつものクールで精力的な佐竹の面影が消えて、おろおろした父親の顔に変わるのが夏希には微笑ましく感じられた。

佐竹はちょっと照れた顔になって言葉を続けた。

「話が逸《そ》れてすまん。要するにそのアイドルたちや、アニメのファンって言うのはマゾヒストなんだろ？」

「簡単にマゾヒズムとの判断はできないと思いますが、その傾向を帯びていることは否定できませんね」

夏希は上杉から聞いた恐妻組合の話を思い出しながら答えた。

「サディズムやマゾヒズムは病気なのか」

乱暴な佐竹の言葉に夏希は驚いて答えた。

「とんでもない話です。人間は誰しもそのような心理傾向を持つことはあります。たとえば、合意のあるパートナー同士が、相手をかるく叩《たた》いたりやわらかい布などで縛ったりする行為はサディズムやマゾヒズムとさえみなされません。さらに進んで、拘束具や鞭《むち》などを用いるプレイや言語によるいわゆる羞恥《しゅうち》プレイにおいては、侮辱行為や殴打は演技にすぎないわけです。参加者はゲームであることを知っていて、巧みに侮辱や怪我を回避しています。このレベルでももちろん障害とは考えられていません。それどころか、高度に知的な遊びのひとつと考える文化もあります」

「じゃ、どの程度になったら病気なんだ」

「一例ですが、アメリカ精神医学会の『ＤＳＭ－５』（『精神疾患の診断・統計マニュアル』第五版）によれば、第一に『少なくとも六ヶ月間にわたり、辱められる、打たれる、縛られる、またはそれ以外の苦痛を受ける行為から得られる反復性の強烈な性的興奮が、空想、衝動、または行動に現れる』ことと、第二に『同意していない者に対してこれらの性的衝動を実行に移したことがある。またはその性的衝動や空想のために臨床的に意味のある苦痛、または社会的、職業的、またはほかの重要な領域における機能の障害を引き起こしている』ようなときです。この二つの要件を満たしていればマゾヒズム障害と判断できることになっています」

「かなりひどい場合だけが病気扱いとなるわけか」

荒っぽい理解だが、とりあえずよしとしよう。

「ちなみにマゾヒズム障害は男女差が大きく、男性は女性の二十倍の患者がいるという報告もあります」

「そうなんですか！」

いままで黙って聞いていた小早川が身を乗り出した。

「じゃ、障害に到らなくとも、マゾヒストは男のほうが圧倒的に多いんですね」

いくぶん興奮気味の口調の小早川だった。

「さぁ……」

たぶんそうなのだろうが、医師が障害と診断した患者以外は統計には上ってこないので、断言はできない。

「だが、真田の話によると、女にサルと呼ばれて喜ぶ男なんてのはゴロゴロいるわけだな。そもそも男はマゾ体質を持って生まれてきているって言うわけか」

「いえ、そう言い切っていいわけではないと思います」

佐竹管理官の問いにも断定的な答えを返すべきではなかった。しかも、マゾヒズム障害の患者が男性に多い事実が、脳の構造による生来的なものとする根拠は何もない。社会的な要因によるものなのかもしれないのだ。

小早川管理官はあらたまった表情に変わった。

「いずれにしても、本事案は多賀マリンの熱狂的なファンである人物……おそらくは男性が、自分の大事にしているマリンのキャラを変えた蜂須賀至郎を憎んでの犯行と考えて間違いないでしょう。犯人はマリンのキャラを守りたかったのです」

小早川は自信たっぷりに言い切った後で、ＰＣを操作した。

「これがアニメの多賀マリンです」

モニターに映し出されたのは、五頭身くらいのセーラー服姿の女子高生らしきキャラクターだった。カッパーの明るい髪は長めで大きなグレーがかった瞳《ひとみ》が特徴的である。いわゆる萌《も》え系のキャラだが、表情は誰かを叱っているようにきつめだった。

マリンの絵姿を眺めているうちに、メッセージを読んでから浮かんでいた違和感の正体が、夏希のなかではっきりしてきた。

「でも、本当に多賀マリンを守りたいがための犯行なのでしょうか」

夏希の言葉に二人はいっせいに夏希を注視した。

「たしかに警視庁の事件は小説の熱烈なファンが犯人でした。しかし、その犯人は本当に作者を殺そうとしたわけではないでしょう」

「うむ……」

佐竹は真剣な顔つきでうなずいた。

「殺人に対する規範的障害は脅迫とは比べものにならないほど大きいものと思います」

規範的障害とは刑法学の用語だが、たとえば「殺すなかれ」「盗むなかれ」という法規を破る上で躊躇《ちゅうちょ》する意思のことを言う。

「脅迫と殺人では乗り越えるべきハードルの高さはまるで違うと思うのです」

夏希が言葉を重ねると佐竹管理官は再びゆっくりとあごを引いた。

「たしかにそうだな」

「警視庁の事件の犯人は、物語との一体感があまりに高じて、キャラクターを自分の意思でコントロールしたい、コントロールできると考えたのだと思います。だからこそ、作者や出版社を脅迫することで物語をコントロールしようとしたのです。ですが、ここが大きな違いなのですが、制作者を殺してしまったら、アニメのストーリーをコントロールすることは難しくなるのではないでしょうか。どうもわたしはメッセージそのものにどこか偽りの要素があるように感じています」

「なるほどなぁ」

佐竹管理官は納得した声を出したが、小早川はひるまなかった。

「物語の世界に没入しきった人間の心理は特殊です。真田さんのご意見は傾聴に値しますが、僕は必ずしも賛同しません。蜂須賀を殺しても、物語のコントロールができなくなるわけでもありません。そもそも彼はすでに『僕の妹は真夏の夜には夢を追わない』のプロデューサーを降板しています」

「でも、生身のアイドルならまだしも……」

「真田さんはファン心理を甘く見ている」

いくらかきつい調子で小早川は言葉を継いだ。

「二次元のキャラクターを生身の人間と変わらずに愛してしまう人間は少なくありません。そんな愛情が過熱するとものすごいエネルギーを生むこともあり得るのです。僕には最初のメッセージやいまの返信メールが偽装とは思えません」

小早川はつよい調子で言い切った。

夏希には真っ向から反論するほどの材料がなかった。アイドルに対するファン心理についてはある程度学んでいた。だが、二次元アイドルに対する心理となるとまったく専門的な知識を持っていなかった。

メール着信音が響いた。

会議室の空気が張り詰め、夏希の心にも緊張が走った。

「来ましたよ」

――多賀マリンは俺の嫁です。マリンをアニメで殺すおそれのある人物をさらに排除します。ターゲットにはすでにロックオンしている。　贖罪幽鬼より

「かもめ★百合への返事はないですね。一方的に次の犯罪予告を突き付けているだけです。彼はなんのために返信先を明示しているのでしょうか」

小早川はうなった。

「こちらの反応を見たいのだろう。警察がどういう態度に出てくるかを見ているのだ」

「そうとしか思えませんね。真田さん、穏当な言葉で引き止めて下さい」

「了解しました」

――贖罪幽鬼さん。かもめ★百合です。わたしはあなたの力になりたいのです。どう

かあなたの願いを聞かせてください。いまからでも引き返して下さい。お願いです。

かもめ★百合

送信したが、すぐに返事は来ないだろう。

夏希たちは待ったが、メールの着信音はそれきり鳴らなかった。

時間は空しく過ぎ去って昼過ぎになっていた。

残念ながら、まわりの素敵なお店に出る余裕はなく、夏希たちは配られた仕出し弁当を食べ、出がらしのお茶を飲んだ。

食事を済ませた頃に夏希のスマホに着信があった。表示されているのは加藤の名前だった。

「はい、真田です」

「おう、ちょっと出て来てくれないか」

「え？　どういうことですか？」

「下の駐車場にいる。一緒につきあってもらいたいところがあるんだ」

「訊《き》いてみますね」

夏希は佐竹に尋ねた。

「佐竹さん、加藤さんから応援頼まれたんですけど、外していいですか」

「ちょっと電話貸してくれ……加藤、真田に何をやらせるつもりだ？」

スマホを受け取った佐竹管理官は、加藤の話を聞いていた。

「わかった。いますぐにそっちへ行かせる」

スマホを返しながら、佐竹は夏希に向かって言った。

「小野木ゆんのところに事情聴取に行くんでつきあってほしいそうだ」

「え？　小野木ゆんですか」

夏希より早く小早川が反応した。

「都内にいるんじゃないんですか」

「それがいま隣の逗子《ずし》市内にいるそうなんだ。相手が芸能人だし、女性捜査官にも立ち合ってほしいらしい」

「加藤さん、意外と慎重なんですね」

「あいつは強面《こわもて》だから、相手がびびって、脅迫されたとか後でアヤつけられたくないんだろ。真田行ってやれ」

「贖罪幽鬼からメッセージが入ったらどうします？」

「どうせ、こちらの呼びかけには応じないだろう。もし返信が来たら小早川さんに対応してもらうよ」

「僕がですか……真田さん、いつものタブレット持ってますね」

「ええ、持ってますよ」

小早川から捜査本部のＰＣとリンクするためのタブレットを渡されている。

「メッセージが入ったら転送しますからよろしくお願いします」

「わかりました。では、行ってきます」

夏希はバッグを手にして会議室を後にした。


【2】


庁舎横の駐車場まで下りると、シルバーメタリックの地味なセダンがエンジンを始動させた。助手席のウィンドウが開いて加藤が声を掛けてきた。

「乗ってくれ」

夏希が後部座席に乗り込むと、石田が運転する覆面パトカーは若宮大路を由比ヶ浜へ向かって走り始めた。

「ねぇ、真田先輩、せっかく本部に行っても、こうしてカトチョウの運転手ばっかりさせられてるんですよ」

「石田はいちいち文句が多いぞ」

「ところで、加藤さんたちは蜂須賀至郎さんの女性関係を洗ってたんじゃないの？」

「そう思ったんだけど、さっきの妙ちきりんなメッセージを考えたら、やっぱり無駄な気がしてきてな。警備部が警護している連中に話を聞きに行こうと方針変更したのさ」

「やっぱり加藤さん、勘がいいかもしれない。贖罪幽鬼からメールが二通届いたの」

夏希は会議室でのメールのやりとりについて詳しく話して聞かせた。

「うわっキモっ」

叫んだのは石田だった。

「犯人はキモザル・マゾオタクですか！」

「いくらなんでもそんな言い方はないでしょ」

夏希はあきれ声を出した。

「だっていまの先輩の話からすると、そんな男しか浮かんできませんよ」

石田はステアリングを握りながら背中を震わせた。

「簡単に決めつけないほうがいい」

加藤は考え深げに言った。

「わたしもそう思っています。犯人の真の動機はいまのところ、多賀マリンのキャラを守りたいというメッセージ通りかどうかはわかりません」

「その通りだ。そういう意味では朝の捜査会議からなにひとつ進展していないと言ってもいいすぎではない」

「ところで、どこへ行くんですか」

「ああ、逗子ハーバー・リゾートさ」

「小野木ゆんがそこにいるんですか」

「今朝のニュースで三日前の犯行が報道された。蜂須賀至郎が自宅近くの階段から落ちて死亡した事実と警察が殺人事件とみて捜査している点だけだ。まだ、贖罪幽鬼なる犯人からの犯行声明や投稿メッセージなどは世の中には出ていない。だが、今日、真田がメールを送った後に警察あてに届いたメッセージと同一内容のメールが、小野木ゆんの所属事務所である《ティアラ・プロモーション》に届いたんだ。二通ともだ」

「あの二通目もですか！」

　夏希は驚かざるを得なかった。

「そうだ。『ターゲットにはすでにロックオンしている』ってヤツだ。二通目も真田の呼びかけに対する返事ではなかったんだ。贖罪幽鬼から警察やアニメ関係者への一方的な通告だったんだ」

「じゃ、贖罪幽鬼は監督の奥平信次さんや脚本家の別所隆治さんにも同じメッセージを送っているんでしょうか」

「警察には、まだどこからも連絡は入ってないな。《ティアラ・プロモーション》に連絡が入ったのは十一時頃らしく、たまたま俺が電話したんで、すでに警察には連絡済みという処理になっている。ま、全員に同じ時間帯に送っているかどうかもわからんからな」

「加藤さん、そのこと捜査本部に連絡入れてくれなきゃ」

「いま、入れてるじゃないか」

空とぼけた声で加藤は答えた。

「そうじゃなくて鎌倉署の本部にですよ」

「佐竹や小早川には後から報告するよ。文書でな」

加藤は唇を歪《ゆが》めて笑った。朝のことでひねくれているのだ。

石田の背中が震えている。

「で、そのメッセージを小野木ゆんが読んだんですね」

「そうだ。小野木ゆんはパニックを起こした。家に帰ったら殺されるってな。そこで、事務所ではとりあえず犯人の目の届かない場所に二、三日隠しちまおうと考えたんだ」

「事情はわかりました。でも、なんで逗子ハーバー・リゾートなんですか」

「簡単な話さ。《ティアラ・プロモーション》の保養施設として部屋を借りてるんだ。あそこはヨットハーバーやレストラン、プールなどがある豪華リゾートマンションだからな。だが、保養施設として借りている話は社外の人間は誰も知らないんだ」

「いつまでも身を隠しておくわけにはいかないでしょう。芸能活動に支障を来すでしょうから」

「うん、この先に大きな舞台があるらしいな。警察が二、三日のうちにあのイカレた贖罪幽鬼とやらを捕まえられるもんだと、事務所は信じているらしい」

「そんなに簡単な話じゃないですよね」

「ああ、そんなに簡単な話じゃない」

加藤は喉《のど》の奥で笑った。

「ところで、加藤さんはどうやってその情報をゲットしたんですか」

「簡単だよ、《ティアラ・プロモーション》に電話して小野木ゆんのマネージャーを呼び出したんだ。それで向こうが俺の電話を怪しむといけないから鎌倉署の刑事課に電話させてね。署でとった電話でゆんの居場所を吐かせたんだ」

ベテラン刑事だけあって、加藤は相手から必要な話を聞き出すのがうまい。おだてたり、なだめたり、すかしたり、脅したりするようだ。

「でも、小野木ゆんには都内の事務所に警護付けてるんじゃないんですか」

「入れ違いだったみたいだな。いまごろは小早川んとこにも連絡が入ってるだろ。泡食ってこっちに向かってる警備部の連中がいるはずだ」

加藤は鼻先で笑った。

「逗子ハーバー・リゾートが見えてきましたよ」

石田の声に右手の窓を見ると、背の高いパームツリーに囲まれた白壁のリゾートマンションが海を背にして建っている。オレンジ色の洋瓦《ようがわら》がアクセントとなって南欧風のイメージを醸し出している。

敷地の中に入ってパームツリーの並木の間の道を走っていると、右手には高級クルーザーが並んだヨットハーバーが見え隠れする。まるでニースあたりのリゾートホテルにいるような錯覚に陥る。

《ティアラ・プロモーション》が保養施設として借りている部屋は、敷地全体の南側に位置するＦ棟の最上階の九階だった。

マンション自体は古い造りだったが、一歩足を踏み入れると、大理石の床とダークブラウンの木壁がシックで豪華な雰囲気を持っている。

エントランス付近にはたくさんの観葉植物が配置されてトロピカルなムードを演出していた。古いマンションのためか、オートロックなどの設備はなかった。

エレベータで九階フロアまで上がった。ロビーと統一感のある廊下に人気《ひとけ》はまったくなかった。むろんのこと、制服、私服の警察官が立哨《りっしょう》しているようすはない。

「ほら、捜査本部に連絡入れないと。この部屋には警護がついてないじゃないですか」

夏希がたしなめると、加藤は面倒くさそうに答えた。

「だから、後で連絡しとくよ」

「だって、贖罪幽鬼が襲ってくるかもしれないでしょ」

「そいつは馬鹿じゃない。いまだになんの尻尾《しっぽ》も出してないだろう。小早川だってＩＰひとつ摑《つか》んでない。あんなメッセージ送ったら、主要な関係者の居場所には警護がついてると予測してるさ。贖罪幽鬼が自宅などを直接襲うことはないさ」

加藤は平然とうそぶいた。

「もしなんかあったら加藤さん、また責任とらされますよ」

「そ、今度は城ヶ島《じょうがしま》署に異動」

石田はおもしろそうに笑った。城ヶ島に警察署があるわけはない。

「そんなに心配するなら、ここに石田を残して行くよ」

「勘弁して下さいよ。こんな場所で立ちんぼはイヤですよ」

「ウソだよ。運転手がいないと俺が困る」

「だからぁ、俺はカトチョウの運転手じゃないってば」

叫んだ石田の背中を加藤はどんと叩《たた》いた。

廊下のいちばん奥まで加藤は進んだ。

「この部屋だぞ」

金色の装飾が入っている濃緑色に粉体塗装されている分厚そうなアルミ製のドアが、廊下と室内を隔てていた。

ドア付近には会社名を示す掲示も表札も見当たらなかった。ただ単に九〇九の部屋番号が表示されているだけである。

一転して加藤はまじめな顔を作って、ドアチャイムを押した。

「はい、どなたさまで」

インターフォンから不審げな男の声が響いた。

「警察の者ですが」

加藤はことさらに穏やかな声で呼びかけた。

「いまドアを開けます」

ガチャガチャと音を立てて玄関ドアが開いた。

四十歳前後の痩《や》せて黒いセル縁《ぶち》のめがねを掛けたボタンダウンシャツ姿の男が顔を覗《のぞ》かせた。黒々とした髪の毛をショートレイヤーのかき上げヘアにしている。

「お電話した江の島署の加藤です」

加藤は警察手帳を開いて身分証明書の部分を提示しながら言った。

男は反射的に身を引いたが、身体を立て直してかるく頭を下げた。

「わたし、小野木ゆんのマネージャーの佐野《さの》と申します。お待ちしていました。どうぞ奥へ」

掌を差し伸べる佐野に従って夏希たちも部屋に入った。

廊下を抜けてリビングに入ると、広いガラス窓の外の輝く海が夏希の目を奪った。

ストレチアやモンステラでいっぱいのリビングは、真新しい白の漆喰《しっくい》壁も美しく、窓の外の景色とよく似合っていた。

こんな部屋に滞在できたら、素敵な時間が過ごせそうである。

リビングの奥に置かれたブルーグレーの布ソファに、二人の若い女性が腰掛けていた。

小野木ゆんだけだと思っていた夏希は意外の感を持った。

「おはようございまーす」

二人の女性は芸能人らしいあいさつをしながら、ささっとソファから立ち上がった。

「杏奈です」

「ゆんです」

「よろしくお願いしまーす」

杏奈とゆんは、身体の前で両腕をそろえて次々に頭を下げた。

「どうも、ちょっとお話を聞かせてくださいね。神奈川県警の加藤です。こちらは真田と石田です」

加藤は頬の筋肉を引きつらせながら、無理にやさしい声を出している。

「真田です」

「ども、石田でーす」

石田はなんだか妙に浮かれている。

アイドルたちは二人ともコットンシャツにチノパンの地味な装いだが、メイクだけはきちんとしている。

顔立ちを見ると、ずいぶんと若いが、見覚えのある顔立ちの二人だった。

ライトグリーンのシャツをふわりと羽織った、やや面長で切れ長の目を持ったスタイルのいい女性は小野木ゆんである。

明るいピンクのシャツを着ている、たまご形の小さな顔に大きな瞳《ひとみ》の華奢《きゃしゃ》な身体つきの女性が本多杏奈だった。

「まぁ、お掛け下さい」

佐野の言葉にその場の者たちはソファに座った。

四十号くらいの花々を描いた大きなリトグラフを背にして夏希たちが座り、反対のキャビネットを背にした側に海側から本多杏奈、小野木ゆん、佐野の順で座った。

真正面は杏奈だったが、夏希はゆんと杏奈の顔をゆっくりと見た。

ゆんは十八歳で杏奈は二十歳という話だが、どちらかといえば杏奈のほうが子どもっぽく見える。

二人とも見ようによっては女子高生と言ってもおかしくない。ステージ上の舞台衣装の姿よりも子どもっぽく見える。

真正面に座った杏奈が夏希の顔をまじまじと見つめた。

「あのー、真田さんってもしかして……」

「どうかしましたか？」

「かもめ★百合ちゃんでしょ！」

杏奈は小躍りせんばかりの調子で叫んだ。

「え……」

夏希は絶句した。

背中にじわっと汗がにじんだ。

「あたしマシュマロボーイ事件のとき、事務所でニカ動見てたんですよぉ」

杏奈は弾んだ声で言った。

夏希が最初に関わった連続爆破事件で、偶然、現場にいた若者が撮影した動画が、ニカニカ動画で全国配信されてしまったことがある。

とっくのむかしにネットからは消えているが、一度、人のこころに残った印象は消えにくい。

「こんな美人、警察にほかにいるわけないもん！」

夏希は返事に窮して黙った。

（マズいな……）

メンが割れていると自覚して行動しなければならないことを夏希は痛感した。

「それから、こっちのおじさんって県警のヒーローだ！」

その現場で加藤は一般市民を守るために規則違反を犯した。

割を食って加藤は高島署から江の島署へと異動になったわけである。

「その話はいいですよ」

加藤はコワモテを作って凄《すご》みのある低い声を出した。

杏奈は気まずそうに黙った。

「そ、そうだね……皆さん、今回の事件でお見えなんだから……」

佐野がいくぶんオロオロした調子でとりなすように言った。

「えーと、ちょっと質問させて下さいね」

加藤は手帳をひろげてボールペンを手にした。

「まず、ゆんさんに訊《き》きたいんだけど、贖罪幽鬼を名乗っている人物に心当たりはありませんよね」

「もちろんです。あんな変な人、身の回りには一人もいません」

ゆんはきっぱりと答えた。

大人びた容貌《ようぼう》に似つかわしく、初めての刑事からの質問だろうに、表情はすっかり落ち着いている。

発声もしっかりしていて言葉遣いもきちんとしている。容貌とは裏腹で、とても十八歳とは思えない
「今回の事件に到るまでネットやその他の場所で嫌がらせを受けたことはないですか」

ゆんはまっすぐに加藤の目を見つめた。

賢《さかし》げな輝きを持つ瞳だなと夏希は感じた。

「えーと、ツィンクルなんかのＳＮＳではＤＭは閉じてるんです。事務所の方針で……それで、公開のリプではそれほどひどいものはないですね。でも……」

「でも？」

「事務所のメアドには一週間に一回は変なメールが来ます」

「あたしは三日に一度くらいです」

杏奈も叫んだ。

「変なメールって言うのは？」

「それは……」

ゆんは口ごもった。

「いや、本当は毎日何通も来ているのです。でも、明らかにイタズラや誹謗《ひぼう》中傷とわかるものは事務所サイドで削除して本人には見せていません。精神衛生上よくないですからね」

「そうなんです。だから、本当はあたしもよく知らなくて……」

ゆんは照れたような表情を浮かべた。

「内容的には卑猥《ひわい》なものから、攻撃的なもの、結婚してくれというもの、付き人になりたいという類《たぐ》いのもの、まぁいろいろです」

佐野が早口で補足した。ゆんよりもドギマギしているように思える。

「そのメール残っていますか？」

「さぁ……そうこまめに消しているわけではないのである程度は……」

佐野は首を傾げながら答えた。

「残っているものをわたしのメールアドレスに転送して頂けませんか。発信元を特定したいんですよ」

加藤は名刺をテーブルの上に置いて頼んだ。

「わかりました。なるべく早めに対応します」

佐野も名刺を差し出した。

——株式会社ティアラ・プロモーション　マネージメント部チーフ　佐野綱也《つなや》

肩書きから佐野が完全なサラリーマンであるとわかった。

たしかに神経質そうな佐野は、芸能界の人間という雰囲気は薄く、銀行マンや役所の吏員といった職業が似合いそうな風貌だっだ。

「蜂須賀至郎さんとは面識はありましたか？」

加藤はゆんに向き直って質問を続けた。

「はい、二度ほど佐野さんと一緒にお食事したことがあります。『夢オワ』のマリン役が決まった後です。『頑張ってね』と励ましてくれました」

「個人的に会ったことなどはないですね」

「どういう意味ですか？」

ゆんはきょとんとした顔で訊いた。

夏希はちょっとハラハラした。蜂須賀至郎との間に男女としての関係がなかったか、と念を押しているのだ。

いくら蜂須賀が女癖の悪い男で、そういうおそれがあったとしても、未成年者に対してこの突っ込みは穏当とは言えないだろう。

「あ、いや……蜂須賀さんと会ったのはその二度だけですね」

ちょっとあわてたように加藤はつけ加えた。

「そうですけど？」

だが、ゆんは質問の意味がわからないという顔をしているばかりだった。

「真田からはなにかあるか？」

加藤に振られた。夏希には訊きたいことがあった。

「贖罪幽鬼という男は、小説のファンですよね。『マリンはいつだって俺をサルと呼んでくれます。あんなのはマリンじゃありません。そんな最低の改悪をした蜂須賀至郎を許せません』と主張しているわけですが、あなたは多賀マリンのキャラクターのこうした変更を、いつから知っていましたか」

夏希は手帳を覗《のぞ》き込みながら訊いた。

「シナリオには最初から『サル』という言葉はありませんでした。別所さんからシナリオを渡されたときに知りました」

「あなたはそれを大きな変更だとは感じませんでしたか」

「ええ……コンサートではお客さまを『サル』と呼んで喜んで頂いてますので、できれば残してほしかったです」

いくぶん戸惑いの表情でゆんは答えた。

「まわりの人はどうでしたか。アニメから『サル』が消えたことを残念がっていましたか」

「はい、杏奈をはじめメンバーはがっかりしています」

杏奈が言葉を引き継いだ。

「そうですよ。せっかくアニメが始まって人気が出てきたのだから、コンサートでもアニメでも『このサル』と叫んだほうがいいに決まってるじゃないですか」

「そもそもコンサートで観客を『サル』と罵倒《ばとう》し始めたのは、どういういきさつなんですか」

　この質問は個人的にも興味があった。

「あたしたち四人ともバンド結成のときから津田清先生の小説の大ファンなんです。で、その頃、ちょうど『夢オワ』がベストセラーになったんで、多賀マリンの雰囲気をバンドのイメージに取り込もうって話になって、事務所も全面的に賛成してくれたんで、ライブなんかはちょっと女王チックにやろうって決まったんです」

　杏奈は熱っぽい調子で言った。彼女の話し方はゆんと比べると冗長に聞こえる。

「それで《サディスティック・シスターズ》って呼ばれるようになったんですね」

「やっぱりほかのガールズ・グループと、どこかで差をつけて個性出していかないと埋もれちゃいますから。そういうあだ名がついてラッキーだったと思います」

　だが、杏奈は決して話し下手ではない。頭の回転はよさそうである。

「それなのに『サル』は消えちゃったわけですよね」

「そうなんです。ちょっと残念です」

　杏奈はしょげたような顔になった。

「あなたたちは『サル』を『ボケ』に置き換えてしまった蜂須賀さんに対して、なにか嫌な気持ちを持っていませんか」

「いいえ」

「まさか！」

「馬鹿な」

三人の声がリビングに響いた。

「蜂須賀プロデューサーは、ゆんをマリン役に起用してくれたんですよ。メンバーはもちろん事務所のみんなもものすごく感謝してますよ」

眉間《みけん》にしわを寄せた佐野が、三人を代表するように答えた。

「地上波でヒットしているアニメに、メンバーが四人とも出演しているんです。《オレンジ☆スカッシュ》の知名度がどれほど上がったかわかりませんよ」

佐野は憤然と鼻から息を吐いた。

「あ、四人とも出ているんですね」

「杏奈はマリンの同級生の山川《やまかわ》ミリア役ですし、咲良と朋花もそれぞれ学園仲間の役を付けてもらってます」

「そうなんですね。失礼なことを伺いました」

「ああ、びっくりした」

天井を仰いで佐野は大げさに驚いた素振りを見せた。

「あなたたち以上に『サル』が消えたことを残念に思っている人って誰でしょう？」

「それはファンの皆さましかいないと思います」

ゆんが生まじめな顔で答えた。

「ところで、杏奈さんもこちらにお見えだったんですね」

「ええ、杏奈とゆんは姉妹のように仲がいいんですよ。だから、杏奈がゆんのことを心配して、どうしても逗子までついてくんだって言い張ってね」

佐野が苦笑いして答えた。

「今日は四時からヴォイストレーニングが入ってるんですけど、それまではスケジュール空きなんです」

「一人で帰るからと言うんで、こっちも仕方なく折れたっていうわけです」

佐野の言葉に杏奈は何度もうなずいた。

そのとき、佐野のスマホが鳴動した。

「ちょっと失礼……」

佐野は立ち上がって廊下へと出た。

「大変ですよ」

すぐに戻ってきた佐野の顔色は真っ青だった。

夏希のスマホにも着信があった。

「ごめんなさい、わたしもちょっと電話とってきます」

廊下に出て電話をとると小早川の声が耳元で響いた。

「贖罪幽鬼から今日三通目のメッセージが届きましたよ！」

「転送して下さい」

スマホを耳から外してメーラー画面をタップすると、夏希の目に短い一文が飛び込んできた。


——実行は今夜です。マリンをないがしろにした者に天罰が下ります。贖罪幽鬼

リビングに戻ると、佐野のスマホをみんなが覗き込んでいた。

「今夜か……」

加藤がうなった。

「加藤さん、すぐに佐竹さんに電話入れて、ここに警護つけて下さい」

「ああ……」

さすがに加藤も夏希の言葉に従って電話を掛けに廊下に出ていった。

「警備部の連中がこっちに向かっている。もうすぐ到着するそうだ。俺たちは帰るぞ」

戻ってきた加藤は夏希たちをつよく促した。

「待って！」

夏希が立ち上がろうとすると、杏奈が引き止めた。

「真田さん、皆さん」

杏奈は夏希の瞳《ひとみ》をまっすぐに見つめた。

「なにがあっても、ゆんを守って下さい」

杏奈から発せられた声が凛然《りんぜん》とリビングに響いた。

ふたつの瞳が熱く燃えている。

「わかりました」

いくぶん気圧《けお》されて夏希は答えた。

「かもめ★百合さん、約束して」

杏奈はすがるような目つきに変わって頼んだ。

「約束します。わたしたちの力を尽くしてゆんさんを守ります」

ゆんも心細げに夏希を見ている。

「いますぐここに警護の専門家が到着します。皆さんは彼らの指示に従って下さい。プロの警備態勢を破れるもんじゃありません。どうか安心して下さい」

加藤は頼もしい声で言い放った。

「どうかお願いします」

ゆんたちはいちように深々と頭を下げて夏希たちを見送った。

「県警刑事部の石田でしたぁ」

愛想を振りまいてドアを出た石田の後頭部を、派手な音を立てて加藤がはたいた。

「痛《いて》ぇなぁ」

石田は頭をさすりながら苦情を言った。

「本当にここに張りつかせて、警備部のパシリをやらせるぞ」

「冗談じゃありませんよ。あいつら刑事を三段階くらい下の人間とみているんですからね」

石田はまじめな顔で嫌がった。

逗子ハーバー・リゾートを出た夏希たちは、まっすぐ鎌倉署に戻った。

「まぁ警備部の連中が守っている限り、小野木ゆんに間違いは起きないさ」

夏希が覆面パトカーから降りると、加藤は窓越しに自信を見せた。

夏希にも不安はなかった。マンション自体も守りやすい構造だと思えた。

「佐竹さんに報告しなくていいんですか」

「捜査会議には顔を出すって佐竹には伝えといてくれ」

そんなのはあたりまえの話だろう。夏希が次の言葉を発するよりも早く、加藤はかるく手を振るとウィンドウを下ろした。

すぐに覆面パトカーは駐車場を出て行った。

会議室に戻ると、佐竹管理官が近寄ってきて訊《き》いた。

「なにか犯人につながるような話は聞けたか」

「いいえ、小野木ゆんさんの周辺には犯人はいないように思いました」

「そうか……」

佐竹管理官は舌打ちした。

「ところで、今日の三通のメッセージは警察だけに送られたものではないんだな」

「そうなんです。《ティアラ・プロモーション》にも三通とも送られているんです」

「真田さんの呼びかけも、贖罪幽鬼には無駄に終わってしまったわけですね」

小早川管理官も会話に加わった。

「ええ、あのメッセージは一方的な犯罪予告に過ぎないのです」

「いちおう三通目に対しては真田さんの文体をまねて穏当な返信をしておきましたが、いずれにしても効果は期待できないですね」

今回に関して言えば、夏希が返信しても小早川管理官が返信しても反応はなさそうだ。

「それにしても、加藤のヤツはどうして入った情報をすぐに報告してこないんだ」

「文書にして提出するって言ってましたよ」

夏希は口の端で笑いをこらえて答えた。

「あのひねくれ者が」

佐竹管理官は苦り切った顔で吐き捨てた。

「渋谷区の《ティアラ・プロモーション》に向かった警備部の部下たちが、すっかり無駄足になったって怒ってましたよ」

小早川管理官も顔を大きくしかめた。

「あいつは捜査本部を無視して独断で行動ばかりするからな」

「ただ、小野木ゆんさんのところで収穫もあったんですよ。彼女に対する嫌がらせメールの一部を入手できました。加藤さんがデータ持ってます」

「え？　加藤がメールの分析なんかするのか」

佐竹管理官の驚きの声が終わらないうちに、小早川管理官が冷めた調子で言った。

「いや、加藤巡査部長は、そのメールをぜんぶ僕に送りつけてきましたよ」

自分の席のＰＣを覗《のぞ》き込みながら小早川は肩をすくめて見せた。

「あらら……」

夏希もあきれるしかなかった。

「仕方ない。あいつはネットのことなんかわかりゃしないんだ。小早川さん、頼むよ。いまのところ、重要な手がかりを期待できる可能性があるいちばん有力な情報だ」

「少しでも危険と思われるメールをより分けましょう。真田さん、手伝ってくれますね」

小早川は有無を言わせぬ調子で頼んだ。

「はい、もちろんです」

「ピックアップしたメールを国際テロ対策室に送って発信元を特定し、判明したら令状とってプロバイダに個人情報を開示させて捜査員を事情聴取に向かわせます」

「でも、贖罪幽鬼はＩＰアドレスを秘匿しているのですよね」

「過去には手落ちがある可能性は捨てきれません。犯人のついうっかりが発見できれば儲《もう》けもんですよ」

小早川管理官はきっぱりと言った。

——無駄な捜査というものはないんだ。もし疑っていたものがシロだとわかったら、それは大きな成果なんだよ。

所轄研修のときに定年間近の老刑事から習った言葉を久しぶりに夏希は思い出した。

それからしばらくの間、夏希と小早川は加藤が転送してきたメールのより分け作業に移った。

佐野は一部だと言っていたが、それでも百通を軽く超えていた。

夏希と小早川は半分ずつ受け持って、一通一通に目を通していった。

——ゆんちゃん、ボクのリアル嫁になって下さい。

——ゆんちゃん、今夜もいっぱいいじめてね。お願い。

——ゆんちゃんのカラダよぉく知ってます。ボクのこと覚えてるでしょ?

——おまえ生意気だ。あんましいい気になるなよ。そのうち痛い目に遭うぞ。

——女性の分際で男を猿扱いして侮辱する貴女《きじょ》を許せません。貴女のような人間が美しい日本の伝統と文化を破壊するのです。必ず天誅《てんちゅう》が下ると思いなさい。


夏希は背筋が寒くなってきた。

どれもこれも不気味としかいいようがない。

発信者氏名の記されたものもあったが仮名《かめい》だろう。実質的にはすべてが匿名のように思われた。

驚いたことに、自分の下半身と思《おぼ》しき写真を添付しているメールも少なくなかった。

これは「ストーカー行為等の規制等に関する法律」の第二条第一項第八号に該当する行為である。


——その性的羞恥心《しゅうちしん》を害する事項を告げ若《も》しくはその知り得る状態に置き、その性的羞恥心を害する文書、図画、電磁的記録（中略）に係る記録媒体その他の物を送付し若しくはその知り得る状態に置き、又はその性的羞恥心を害する電磁的記録その他の記録を送信し若しくはその知り得る状態に置くこと。

これらの写真を送りつけてきた者は、同法第十八条により「一年以下の懲役又は百万円以下の罰金」という厳しい刑罰を科せられるおそれがあるのだ。

　だが、おそらく当人はそんな犯罪行為を犯している自覚はないのだろう。

　夏希は臨床医であったから、男性の下半身写真などを見てもふだんは少しも感情が動かない。だが、ゆんの心情にシンクロしたせいか、ひとりの女性として耐えがたい不快感を覚えた。

　なぜ、このような行為に及ぶのかは夏希には理解しがたかった。

　もちろん露出障害の傾向があることは否めないが、臨床的に露出障害とまでは診断できまい。

『ＤＳＭ－５』によれば、第一に『少なくとも六ヶ月間にわたり、警戒していない人に自分の性器を露出して得られる反復性の強烈な性的興奮が、空想、衝動、または行動に現れる』要件と『同意していない人に対してこれらの性的衝動を実行したことがある、またはその性的衝動や空想のために臨床的に意味のある苦痛、または社会的、職業的、または他の重要な領域における機能の障害を引き起こしている』の二つを満たせば、露出障害と診断するとされている。

　露出障害につよい反復性があることも知っていた。いずれにしても、ゆんのような少女に平気で苦痛を与えられる神経は、夏希には理解できなかった。

　佐野が「明らかにイタズラや誹謗《ひぼう》中傷とわかるものは事務所サイドで削除して本人には見せていません。精神衛生上よくないですからね」と言っていた意味がよくわかった。

こんなメールをしょっちゅう見ていたら、双極性障害などの精神疾患を引き起こす引き金となるおそれも否定できない。

「アイドルって仕事は大変ですね」

夏希はゆんたちに心底同情した。

「そうでしょう。よほど精神的にタフな人間でないとつとまらない仕事だとは思いますよ」

ディスプレイに目を置いたまま、小早川は背中で答えた。

「それはそうと、贖罪幽鬼からのメールはあれきり途絶えたな……」

佐竹管理官が紙コップのコーヒーを飲みながら言った。

たしかにメーラーは不気味に静まりかえったままだ。

「三通目の予告がブラフならいいんだが……」

佐竹管理官の言葉は祈りの声にも似て響いた。

作業を初めて一時間ほどが経過した。

「小早川さん、問題がないと思われるもの見つかりましたか?」

夏希には除外できるメールが見つけられなかった。

「いや、すべて問題ありですね」

小早川は大きくうなった。

「わたしもそう思います」

「ダブっているアドレスをまとめても、六十人以上がターゲットになりますよ。ＩＰ追いかけるのだってけっこう時間が掛かる」

「まして捜査員を向かわせるとなると大変な話ですよね」

小早川はちょっと考えていたが、ぽんと手を打って言った。

「じゃ、こうしましょう。危険度をＡからＣの三段階に分けて、Ａから優先的にＩＰチェックに廻《まわ》してゆきます」

「クラス分けの基準はどう考えればいいですか」

「真田さんの直感でけっこう。僕も直感でやります」

「でも、それではわたしと小早川さんのＡＢＣが逆になってしまうかもしれません」

夏希と小早川との感覚の違いが大きそうなことを考えると、基準は統一しておきたい。

「そうですねぇ。真田さんはどんな基準を考えていますか」

「基本的には、理由の読み取れない攻撃性を感ずるメールをＡとしてピックアップし、性的な偏執性を感ずるものをＢとし、思想的な攻撃性を持つメールと単に恋愛感情を訴えるものなどをＣに選ぼうと思いますが」

　小早川は目を丸くした。

「性的なメールはＡじゃないんですか」

「違うと思います。それらの送信者は小野木ゆんさんそのものを性的な対象として捉《とら》えています。贖罪幽鬼が訴えている内容を仮に真実とすれば、多賀マリンに対する擬似的な恋愛感情とは矛盾します」

「わかりました。真田さんの選別基準で僕もより分けます」

二人は三段階に振り分ける作業に移った。

さらに一時間ほど掛かって、メールの振り分け作業が終わった。

「さぁ、覚悟しろよ。変態ども」

小早川は弾んだ声で、メールを国際テロ対策室に送信した。

「今回殺人事案の犯人以外を訴追する予定はないんですよね」

「ええ、脅迫罪などに触れるメールはありますが、我々もそんなに暇ではないんで……ただ、捜査員が向かえば、みんな肝をつぶすでしょう」

「結果として、小野木ゆんさんたちを守ることにつながるといいんですけれど」

「ネットで話題になるでしょうね。『自分のところに警察官が来た』ってお嘆き投稿が増えますよ。このような迷惑メールの抑止につながれば、それが副産物でしょうか」

小早川は苦笑した。

それから数時間がなにごともなく経過した。すでに窓の外には夕闇が忍び寄っている。

「真田、今日は帰っていいぞ。警備態勢は完全だし、こっちは小早川さんが対応してくれる」

佐竹管理官の言葉に解放感が爆発しそうなほどだった。

「ありがとうございます！」

小野木ゆんあてのひどいメールのチェック作業に夏希の精神は疲れ切っていた。

若宮大路に出た夏希は踊るような足取りで鎌倉駅の西口に急いだ。

お目当ては御成通《おなりどお》りを由比ヶ浜方向に歩いてすぐの裏通りに建つ《Latteria BeBè Kamakura（ラッテリア ベベ カマクラ）》である。

手作りチーズ工房とイタリア料理の素敵なレストラン。

友人からこのお店の手作りブッラータを分けてもらったことがあった。やわらかくジューシーなのに濃厚な味わいが素晴らしく、いつまでも心に残った。

鎌倉を訪れたら一度立ち寄りたいと願っていたが、思いのほか早く実現した。

古民家を改造したシックで、それでいて明るくカジュアルな雰囲気を持つお店のエントランスに辿《たど》り着いた。夏希は知らないうちにかるくスキップしていた。

大変な人気店なので待つことも多いそうだが、幸いグリーンの木製ベンチに座っている人の列は見られなかった。

愛想のいいスタッフに迎えられて、夏希は店の奥の二人掛けの席に座った。

色とりどりの野菜と盛り合わせになった《出来たてモッツァレッラとリコッタチーズ》と、ヴェルディッキオ・スプマンテを頼む。

ドリンクメニューを見て感心したのだが、このお店はハウスワインがとても充実している。白と赤がそれぞれ三種類。さらにスプマンテがあってグラスで提供してくれるので一人客でも困らない。お一人さまでの外食が圧倒的に多い夏希としてはとても嬉《うれ》しかった。

くせのないモッツァレッラは歯ごたえが素晴らしく、リコッタはミルクのほんのりとした甘みが嬉しい。どちらのチーズもいつまでも心に残る美味《おい》しさだった。

続けてサンジョヴェーゼ種の赤ワイン《シルパッソ》のグラスを頼んだ。

パスタはアマトリチャーナに仕立てたブカティーニを選んだ。トマトの酸味とパンチェッタの旨味《うまみ》にチーズの香りが一体となって夏希の舌を酔わせてくれた。かるいアルデンテの食感も最高だった。

お土産にブッラータを包んでもらって夏希はご満悦で店を後にした。

外はすっかり暮れ落ちていたが、夜風が頬に心地よい。

横須賀線に乗っている間に酔いがすっかり醒《さ》めてきたので、舞岡に帰って飲み直すことにした。

自宅へ戻ったらまずはお風呂《ふろ》である。

部屋のエアコンは徐々に効いてきたが、暑い一日だった。まだ身体には火照りが残っている。

素敵な夕食のおかげで、ずいぶんと気分は軽くなったが、今日のこころのゴミはまだ身体に残っていた。

リラックス・バスタイムで、例のメールのゴミをすっかり洗い流さなければならない。

今夜はミントの配合されたバスソルトを選んでみた。ミント系は毎日では飽きが来るが、こんな日には、ちょっとした刺激が効果をもたらしてくれるような気がする。

ヒーリングミュージックのコンピレーションアルバムを流しながら、バスタブのなかで時間を掛けて全身の疲れをほぐす。

手足を伸ばし、時おりバスタブのお湯を掌ですくって肩から掛けてみる。身体がゆっくりとほぐれてゆく。

風呂から上がった夏希は、タオル地の白いガウンを羽織ってリビングに戻った。

さっそく冷蔵庫からブッラータを取り出す。お店の男性スタッフの教えに従って、塩と黒胡椒《くろこしょう》を振ってオリーブオイルをたっぷり掛けて、冷蔵庫にあった生ハムとルッコラを添えた。

ふだんは開けても劣化しないシェリーを飲むことが多い。だが、今夜は、トスカーナ地方産の白ワインである《ヴィラ・アンティノリ・ビアンコ》のハーフボトルを開けた。

オーディオから流れているのは《Ｕｂｕｄ》（ウブド）の三枚目のアルバムの最初に収録されている“Invitation”だった。

バリ島の地名と同じユニット名だが、実は日本人の吉田潔《よしだきよし》と河越重義《かわごえしげよし》のアジアン志向のデュオである。シンセシストの吉田はＮＨＫのテレビ番組の音楽作曲などで活躍し、ギタリストの河越はライブ活動のかたわらたくさんの編曲を手がけている。シンセサイザーとエレクトリックギター、打楽器が渾然《こんぜん》一体となったサウンドは無国籍感がつよい。

大学を卒業した頃に買った一枚だった。このアルバムからアジアンテイストのヒーリング音楽が好きになった。

リリースは二〇〇八年と、いささか古いアルバムだが、エアコンの効いた部屋で聴くと最高にリラックスできる。

《Ｕｂｕｄ》のアルバムは三枚すべて持っているが、夏希はこの一枚がいちばん好きだった。

働く女性の真夏のリラックスタイムに奨《すす》めたい。もっともアジアンテイストが苦手な人には向かないかもしれない。

考えたら、あの頃はインテリアやファッションなどもアジアン流行《ばや》りだった。

バリゴングっぽい音色がモザイクのように部屋を彩り、タブラなのか低音の打楽器がやさしく安定したリズムを刻む。ガムランボールらしき鈴の音色が、シャラシャラと頼りなく揺れる。

シンセサイザーがゆったりとしたメロディを奏でアジアの楽園の幻を描き出している。

そこは実在しないこころのユートピア。

（うーん、最高）

音楽とブッラータと白ワインのおかげで、身体中にさわやかな風が吹き抜けてゆくような感覚を味わえた。

正直、こういう時間をすごすために働いているのだ。

ほろ酔い加減になってきた夏希は、ブルーレイとＤＶＤの並んだ棚に近づいた。どれにしようか。

（これだ！）

今夜は珍しく日本映画を選ぶことにした。

棚から取りだした一枚は『DESTINY 鎌倉ものがたり』……二〇一七年に山崎貴《やまざきたかし》監督がメガホンを取り、西岸良平《さいがんりょうへい》のコミック「鎌倉ものがたり」を実写映画化した作品である。主演は堺雅人《さかいまさと》と高畑充希《たかはたみつき》であった。

今日初めて鎌倉署に行った記念のつもりだった。

鎌倉署の記憶を少しでも塗り替えたい気持ちもあったのだろう。

冬が舞台の映画だが、ホラーテイストもあるようでかえって涼しくていい。

だが、ソファに横たわって大画面を見つめていた夏希は、正和と亜紀子の年の差夫婦が旧型のメルセデスに乗って海のきれいな七里ヶ浜から江ノ電の線路脇を通った大仏の横を過ぎてゆくあたりで寝落ちしてしまった。

ふと目覚めてあわててベッドに潜り込んだら、窓の外でホトトギスが鳴いたような気がした。あるいはそれは夢だったのかもしれない。

第三章　夏希のミラクル

【1】@二〇二〇年八月四日（火）

ふと気づくと、まわりの林からたくさんのアブラゼミが喧《やかま》しく鳴く声が響いている。

（うわっ、寝坊だ！）

夏希はベッドからはね起きた。目覚ましをかけ忘れたのか、起きる予定を三十分もすぎている。

カーテンを開けると、まぶしい陽光が夏希の目を射た。

夏空はどこまでも青く晴れ上がっている。

朝食もそこそこに戸塚から横須賀線に乗り換えて鎌倉駅に向かった。

若宮大路を海へ向かって歩いていると、一ノ鳥居の向こうの空に入道雲が湧き上がっているのが見えた。

鎌倉署に着くと、なんだかようすがおかしい。黒塗りの公用車が数台止まっているし、覆面パトカーが次々に入って来る。いったい何が起きたのか。

まさか昨夜のうちに第二の犯行が実行されたのか。

不安を覚えつつ三階に上がると、会議室の雰囲気も一変していた。

前方に幹部席が設《しつら》えられ、ほかのテーブルの島もレイアウトが変えられている。

「ああ、真田さん、やられましたよ」

小早川管理官が近づいて来て唇を突き出した。

「第二の事件が起きたのですね……」

夏希の声は乾いた。

「ええ、昨夜遅く戸塚署管内で」

現場は戸塚署管内か。夏希の家とはそう遠くないはずだ。

動悸《どうき》が高くなる。まさかとは思うが、小野木ゆんが……。

「被害者はゆんさんではないですよね？」

夏希は舌をもつれさせて訊《き》いた。

「いいえ、小野木ゆんは無事です」

「そうですか、あの子じゃないんですね」

うっかり安堵《あんど》の声が出た。

死んだのが誰であろうと悲劇には変わりないのだ。だが、直接に守ろうとしていた小野木ゆんには無事でいてほしかった。

「殺されたのはまったくノーマークだった男なのです。未明に贖罪幽鬼から犯行声明のメールが入りました」

小早川の表情は沈んでいた。

「それで戸塚署との合同で特別捜査本部が設置されることになったのです。真田さんは管理官席の隣に座って下さい」

小早川はそそくさと管理官席に戻っていった。

「まずいことになったよ……」

佐竹管理官が自分の席から沈鬱《ちんうつ》な声で夏希に呼びかけてきた。

捜査主任としては忸怩《じくじ》たる思いだろう。

会議室の後方の島には、加藤や石田の顔も見える。ぜんぶで百人くらいの捜査員が集まっていた。七割方は私服警察官だった。

「起立！」の号令とともに幹部が入って来た。

黒田友孝刑事部長、福島正一《ふくしままさかず》捜査一課長、鎌倉警察署長、そして……。

（織田さんだ）

警察庁警備局理事官の織田信和《のぶかず》警視正である。

今日は薄いブラウンのサマースーツを身につけている。いつものことだが、すらっとした身体の線によく似合っていて好感が持てる。

デートを数回重ねたと言ってもまだ二人はただの友だちである。お互い傷つくのを恐れて一定の距離を保ってしまうヤマアラシのジレンマは、いまだに少しも解消できていなかった。
織田はここのところ忙しかったらしく、プライベートでも簡単なあいさつメールしかよこしてきていなかった。

夏希の顔を見た織田はちょっと目配せを送ってきた。

プライベートでつきあいのある織田と、職場でこうして出会うことにはどうしても気恥ずかしさを伴う。職場で不倫などできる人間の気が知れないと夏希は思っていた。

最初に黒田刑事部長があいさつに立った。

長めのルーズな髪型にオーバル型の銀縁メガネ、怜悧《れいり》でいくぶん神経質そうな顔立ちは大学の若手教授といった雰囲気を感ずる。

「本事案は急転直下、きわめて悪質な連続殺人事件となってしまった。被害者二人がテレビアニメ関係者であることから社会的関心も非常に高い。さらに、犯人を名乗る者は、次なる犯行予告をしている。我々は是が非でも次の犯行を防がなければならない。一日も早く犯人を確保し、県民の不安を解消する。これが我々神奈川県警に課せられた最も緊要の課題である。捜査員全員が一丸となって情報共有を密にし、犯人確保に全力で取り組んでもらいたい」

黒田刑事部長は顔つきを厳しく引き締めて捜査員に発破をかけた。

「本事案の解決に向けて、危機管理の専門家である警察庁警備局の織田信和理事官が、新たに捜査本部に参加してくれることとなった」

　黒田刑事部長の紹介で、織田が自分の席で立ち上がった。

「おはようございます。警察庁の織田です。皆さんと一緒に、この重要な局面を乗り切るために本特捜本部に参加します。どうぞよろしく」

　いつもながら、警察幹部とは思えないやわらかいあいさつだった。

「ご存じの通り、僕はスーパーバイザーに過ぎないので、捜査指揮は福島捜査一課長にお願いすることになります」

　織田は福島捜査一課長にあいさつを振った。

　警察庁警備局はまさに日本警察の中枢であり、全国の都道府県警察本部に対して強力な指導力を持っている。織田が大きな発言力を持つのは間違いないが、警察庁職員に指揮権はない。織田はあえてそのことを強調したわけである。

　福島は刑事畑一筋の定年近い叩《たた》き上げで、四角い顔に鋭い目つきを持つ警視正である。夏希が疲れたときなどに気遣いをしてくれるやさしさも持っている。

「今日からわたしが捜査主任をつとめる。黒田刑事部長のお言葉にすべてが込められている。全員持てる力を最大限に振り絞ってほしい。事案の詳細を佐竹管理官に説明してもらおう」

　福島一課長は穏やかな表情を保ったまま佐竹管理官に振った。

「昨夜、横浜市戸塚区俣野町《またのちょう》の市道で一台のバイクが転倒し、運転していた男性が全身を強く打って死亡した。たまたま通りがかったクルマの運転者からの一一〇番通報により、男性は救急搬送された。通信指令室への通報時刻は午後九時四十七分である。男性は搬送先の国立病院機構、横浜医療センターで午前二時八分に死亡した。直接の死因は頭部打撲による脳挫傷《のうざしょう》によるものである。実況見分と検視の結果、単なる事故ではなく、何者かによってクロスボウのような弓から矢が連続的に発射され、被害者が運転を誤って転倒したものと思量される。被害者の背中と肩には矢による受傷が認められた。さらに現場には二本の折れたアルミ矢が残存していた。現場は横浜市営の《メモリアルグリーン》という公園墓地横で、付近には防犯カメラも設置されていない。また人家も途絶えた場所であることから、夜間の人通りは至って少なく、いまのところ目撃者は見つかっていない。被害者男性は現場から八百メートルほどの位置にある集合住宅に両親とともに住んでいたが、ほぼ毎日、仕事のために相模《さがみ》鉄道の湘南台《しょうなんだい》駅から二俣川《ふたまたがわ》経由で都内に出ていた。自宅から湘南台駅までは軽自動二輪車、つまり二五〇ccのバイクで往復するのが通常だった。ただし、被害者は午後八時半から九時半は湘南台駅前のスポーツジムにいた。これは平日の日課で、被害者は仕事帰りにこの時間に担当しているトレーナーからトレーニングを受けていた。被害者についての詳細は小早川管理官から」

次いで小早川管理官が自席で立ち上がった。

「被害者は岩城《いわき》貞行《さだゆき》さん、二十七歳の男性。職業は声優で、第一事案で問題となっていた『僕の妹は真夏の夜には夢を追わない』で主人公多賀マリンの恋人、西尾《にしお》光司《こうじ》を演じていた」

夏希は息を呑《の》んだ。贖罪幽鬼の次の狙いはマリンの恋人役だったのか。

会議室にざわつきがひろがった。

「昨日までの捜査の経緯については手元の資料を熟読してほしいが、我々警備部では犯行声明と予告に基づいて厳重な警備態勢を敷いていた。同アニメで主役を演ずる声優の小野木ゆんさん、制作側のトップである監督の奥平信次さん、脚本家の別所隆治さんの三人にじゅうぶんな警備をつけていたが、岩城さんはノーマークだった」

小早川管理官は悔しげに唇を歪《ゆが》めて言葉を継いだ。

「さらに今未明、県警本部と小野木さんが所属する芸能プロダクションである《ティアラ・プロモーション》、さらに《サクラテレビ》に対して次のメールが送りつけられてきた」

数行の文字列がスクリーンに映し出された。

——西尾光司は原作では完全に多賀マリンの奴隷のはずです。それなのに、アニメでは上から目線の場面が少なくないです。俺はアニメの西尾光司が許せないのです。だから、昨夜、俣野町の墓場の横で矢を射て天罰を加えました。贖罪幽鬼より

「メール送信時の午前四時十三分、俣野町で西尾光司役の岩城さんが被害に遭った事実はまだ報道されていなかった。さらに犯人が『矢』を射た事実は、仮に昨夜、現場を目撃したとしても察知できないと思量される。いわゆる『犯人しか知り得ない事実』が含まれていることから、贖罪幽鬼が本事案の犯人であるとほぼ確実となった。加えて、第二の殺人が起きた以上は、いままでの五本のメッセージが偽装ではないことも明らかである。すなわち贖罪幽鬼は『僕の妹は真夏の夜には夢を追わない』の同名原作小説の熱狂的なファンであり、自分の理想と考えるストーリーに合致しない原因を作っている人物に対して、憎しみをぶつけて殺害しているものと思量される」

　小早川は歯切れのよい口調で言い切った。

　夏希は黙って聞いている黒田部長の表情を見た。だが、そこには何らの変化も見られなかった。第二の事件が起きてしまった以上、贖罪幽鬼の犯行動機は偽装ではなく真実と考えざるを得ないのだ。

「刑事部捜査一課と所轄刑事課の捜査員は二手に分かれる。一班は俣野町付近で地取りにあたる。残念ながら第一事件の梶原五丁目では目撃者は見つかっていないが、俣野町は広範囲だけに期待できる。目撃証言が取れたら捜査は一挙に進展するはずだ。昨夜現場付近に停車していた車両のカメラもチェックしてほしい。犯人が映り込んでいる可能性は否定できない。もう一班は岩城貞行さんと蜂須賀至郎さんの鑑取りに当たる。とくに岩城さんを重点的に当たってほしい。犯人は岩城さんがスポーツジムに立ち寄る日課を知っていたと思量されるので、敷鑑が重要となってくるものと思われる。班分けは佐竹管理官が仕切ってくれ。警備部捜査員はネット犯罪、ことに脅迫的な犯歴のある者の洗い出しだ。これにはすでに入手済みの小野木ゆんさんあての嫌がらせメールを重要な資料として使ってほしい。指揮は小早川管理官にまかせる」

福島一課長が捜査の割り振りを告げて会議は終わった。

黒田刑事部長と鎌倉署長が退席して、捜査員たちは二人の管理官の下に集まった。

「織田さん、お久しぶりです」

夏希は幹部席に歩み寄って頭を下げた。

捜査資料に目を通していた織田は顔を上げてさわやかにほほえんだ。

「ああ、真田さん、昨日はメールのより分け作業が大変だったでしょう、ご苦労さまでした」

「あの、つかぬこと伺いますが……」

「なんでしょうか」

夏希は声をひそめた。

「織田さんは贖罪幽鬼のメッセージに偽装という性質は感じませんか」

織田はちょっと眉《まゆ》をひそめて夏希を見つめた。

「難しいですね……あまりに突飛な動機で合理的には解釈不能とも言えます。真田さんは犯人に精神疾患の傾向を感じますか」

「六つのメッセージだけでは何ともいえません。ただ、このメッセージが真性のものとすれば、現実と妄想の区別があいまいとなっている傾向は否めません」

「となると……統合失調症の可能性も……」

織田は苦しげに言葉を呑み込んだ。

「わたしは違うのではないかと思います。診察してみなければ断言できませんが、たとえば、『ＤＳＭ－５』によれば、第一に妄想、第二に幻覚、第三にまとまりのない発語、第四にひどくまとまりのない、または緊張病性の行動、第五に陰性症状……つまり、感情の平板化や意欲欠如などですね。このような症状がふたつ以上、少なくとも一ヶ月間認められるときに統合失調症と診断できることになっています。しかし、贖罪幽鬼のメッセージは文脈等にも少しも乱れが見出《みいだ》せません。第三、第四の要件を欠きます」

「たしかにしっかりした文章ですね」

「また、昨夜の事件から陰性症状を読み取ることは不可能で第五の要件も欠きます。少なくとも贖罪幽鬼が幻覚症状に悩まされているのでなければ、妄想だけで統合失調症と考えるのは正しくないと思います」

「わかりました。統合失調症の予見は捨て去りましょう」

織田はきっぱりと言いきった。

そうこうしているうちに、捜査員たちは次々に会議室を出て行った。加藤と石田の二人も夏希に遠くから手を振りながら立ち去った。

会議室には福島、織田の幹部と佐竹、小早川の両管理官、夏希のほかには連絡係の数人の制服警察官が残るだけとなった。

「大変ですよ」

しばらくして小早川管理官が青い顔で近づいて来た。

「いったい何があったんです」

織田がけげんな表情で訊《き》いた。

「県警本部がひどいことになってます」

小早川は悲痛な声でテレビを指さした。

会議室に残っていた捜査員たちはいっせいに会議室後方のテレビのまわりに集まってきた。

画面に映っている百人ほどを見て夏希は息を呑んだ。

群衆が押し寄せている白亜の建物は神奈川県警本部ではないか。

「うわっ、あれうちの本部《かいしゃ》だぞ」

「なんだよ。あの連中は」

「むしろ旗か。百姓一揆《いっき》かよ」

捜査員は口々に叫んでいる。

むしろ旗というのは「ＷｅＬＯＶＥゆんゆん」と記された旗や幟《のぼり》を指しているようである。

今回の事件の神奈川県警の対応に不満を持った小野木ゆんのファンが県警本部に押し寄せているのだ。

画面で見る限り、女性の姿はない。思ったよりも年齢層は高く、中心となっているのは中高年の男性だった。

鉄の門扉を閉めた位置で警察官隊がスクラムを組んでデモ隊の侵入を防いでいる。だが、このままの状態が続けば、県警の業務は間違いなく阻害される。だいいちパトカーの出入りも不自由な状態だ。

「神奈川県警察本部前です。先ほどから声優の小野木ゆんさんのファンがたくさん詰めかけています。ファンたちは県警本部に対して、小野木ゆんを守れとシュプレヒコールを上げています。すでにお伝えしたとおり、贖罪幽鬼から発せられた犯行予告メッセージは小野木ゆんさんの身にも危険が迫っていることをほのめかしています。ファンとしてはいたたまれぬ気持ちに追いやられているのでしょう。逮捕をも恐れぬファンの熱い気持ちに神奈川県警はどのように応《こた》えてゆくのでしょうか」

四十歳くらいの女性レポーターが、視聴者の興奮をあおるような言葉を、うわずった調子で叫んでいる。

どうやら《サクラテレビ》のワイドショーらしい。

「おまえらなにやってんだよ。人が二人殺されてんだぞ」

「神奈川県警、無能！」

「ゆんゆんになにかあったら全員火あぶりだ！」

群衆が興奮してわめき散らしている声をマイクが拾っている。

聞いているだけで夏希の血圧も上がってくる。

（まさか小川さんがあの中に……）

いくらなんでもそれはないだろう。

「威力業務妨害で全員を現行犯逮捕したらいいんだ」

佐竹管理官は激しい口調で言った。

「彼らは逮捕覚悟で押しかけています。あまりいい選択肢とは思えませんね」

織田理事官は首を横に振った。

「なんとかできんかね」

さすがの福島一課長の顔にも焦りの色が見える。

「とにかく、機動隊による排除は避けたいです」

織田のこのひと言にはほっとした。

夏希は織田の意見に全面的に賛同した。

「そうですね。そんな強硬手段に出れば、かえって火に油を注ぐ事態になってしまいます。この場面はネットなどで流されているはずです」

群衆のなかにはスマホで現状を撮影している者も少なくない。

「真田さん、なにかよい考えはありませんか」

かえって織田に考えを訊かれることになってしまった。

「無理ですよ、わたしの専門外です」

はっきりと夏希は答えた。

「そうですか……しかし、《サクラテレビ》には苦情を入れたい。記者発表もしていない段階で、警察にあいさつもなしに贖罪幽鬼のメッセージを報道するから、こんなことになったんですからね」

織田は眉間にしわを寄せた。

「ふつうの報道じゃなくて、自分の局が被害を受けているスタンスでいるようです」

小早川は弱り顔で答えた。

「視聴率さえとれれば、奴らは仁義なんておかまいなしなんだよ」

佐竹管理官が吐き捨てた。

ふと思いついたように小早川がＰＣを覗《のぞ》き込んだ。

「うわわわ」

小早川は大きく仰《の》け反って叫んで。

「織田さん、ネット見ます？」

「いえ……どうせロクでもない警察批判であふれているのでしょうから」

織田は苦々しい表情で首を振った。

「大炎上してますよ……ツィンクルも大型掲示板も……あーあ、なんてザマだ」

小早川はマウスを操作しながら嘆き声を上げ続けた。

「真田さん、あなたあてのコメントも少なくない。見ますか？」

「いえ、精神衛生上よくないので止めときます」

佐野マネージャーの真似をしたほうがよいだろう。

「それが……意外と批判コメントじゃなくて、かもめ★百合への期待を込めたものが多いです。『かもめ★百合はどうした』『姐御《あねご》出てきて』『百合ちゃん頼みます』という類《たぐ》いのコメが多いですよ……待てよ」

小早川はあごに手をやって考え込んだ。

「そうだ！」

いきなり叫んだ小早川は、夏希の席までつかつかと足を運んできた。

「かもめ★百合に頑張ってもらいましょう」

「なんですって！」

夏希は小さく叫んだ。

「あそこで騒いでいる人間たちは、おそらくネットでかもめ★百合に期待している連中と近い性質を持っていると思うのですよ。つまり、かもめ★百合に対して親和性の高い人間が多いと思うのです」

「ツィンクルに彼らに対するコメントを投稿せよとおっしゃるんですね」

嫌なことだった。

そもそも自分は神奈川県警のスポークスマンではないのだ。

「いいえ、それではあまりに迂《う》遠《えん》です。真田さん……いや、かもめ★百合のナマの声で、あの群衆に直接呼びかけるのです。解散してほしいって」

後頭部を殴りつけられたように感じた。

「無茶ですよぉ」

夏希は顔の前で手を振って必死で断ったが、織田も大きくうなずいた。

「わたしは小早川管理官のご提案に全面的に賛成です。これは成算がある策戦だ」

「でも、でも、もし、彼らを怒らせてしまったらどうすればいいんですか。わたし、そんな責任とれません」

「そのときは機動隊を導入して彼らを排除します」

織田は涼しい顔で言った。

「真田ならやれるだろう」

佐竹管理官も期待の目で夏希を見ている。

「福島一課長、こんな無茶な話を止めて下さい」

夏希はすがるような気持ちで福島一課長に頼んだ。

だが、空しかった。

福島一課長は顔の前で両掌《りょうて》を合わせた。

「頼んだぞ、真田」

もはや、夏希が逃げる術《すべ》はなかった。ほかの捜査員たちも、そろって夏希に期待の目を向けている。この捜査本部に夏希の味方は一人としていなかった。

「……わかりました。やってみます」

夏希は苦渋に満ちた声で提案を受けた。

「では、門扉付近に拡声器をセットして、こちらの回線とつなぐように警務部に要請します。ちょっと待ってて下さいね。なぁに拡声器の音はよくないので、真田さんの声がそのまま世間に知られる怖れはありませんよ」

小早川はいそいそとした調子で部屋の奥に去って行った。

どこやらへ電話を掛けたり、ＰＣの準備をしたりしている小早川を見ているうちに、夏希はバカな提案を受けてしまった自分を悔やみ始めていた。

「投石などが始まらねばよいが……」

福島一課長がつぶやいた。

群衆の興奮は収まるどころか、ますます過激に熱くなってきている。

わーわーと意味にならない発声をする者も増えてきた。

「おい、テレビの音を小さくしろ」

小早川の指示に連絡係の制服警察官があわててテレビに走った。

「さぁ、このマイクに向かって話して下さい」

テーブルの上の起動したPCにはデスクスタンドに支持されたマイクがつながれていた。

夏希の喉《のど》がごくりと鳴った。

口の中が乾く……夏希はそばにあった緑茶のペットボトルに口をつけて喉を潤した。

「レベルを上げますよ」

小早川の言葉に、もはや観念するしかなかった。

「わたしは県警心理捜査官のかもめ★百合です」

夏希はテレビを見ながら群衆に呼びかけた。

自分の声が頭の後ろで奇妙な音に響く錯覚を感じた。

画面の中の群衆の視線が、いっせいに拡声器に向けられた。

「おお、百合ちゃん」

「かもめ★百合ご降臨！」

テレビから群衆の声がまちまちに聞こえてくる。

「うまいぞ、みんな聞いている」

小早川がささやいた。

「皆さんは、小野木ゆんちゃんのファンですよね？」

二度目のこの問いかけに対してはたくさんの雄《お》叫《たけ》びが巻き起こった。

「うおーっ」

「ぐおーっ」

「ゆんゆん〜！」

ひとしきり静まるのを待って、夏希は言葉を続けた。

「わたしは昨日、ゆんちゃんに会ってきました。彼女は元気です。あなたたちに早く会いたいと言っていました」

夏希の声は県警前に響き渡っている。

レポーターも沈黙してカメラは群衆の表情を映し出している。

「だから、ゆんを守れよ！」

「ゆんちゃん守れない無能な連中は氏ねっ」

「ゆんゆん最高！　警察最低！」

怒りの声も上がった。だが、群衆が自分の言葉に耳を傾けて次の言葉を待っていることが夏希には実感できてきた。

「約束します。わたしたちはなにがあっても彼女を守ります。でも、あなたたちは本当のファンじゃない。ゆんちゃんを愛してないでしょ」

あえて挑発の言葉をぶつけると、群衆は躍起になって反論してきた。

「馬鹿言うなよ、ゆんゆんマイＬＯＶＥ！」

「ゆんゆんは俺の嫁だぁ」

「なに言ってんだ、俺の嫁えっ」

彼らの声はごうごうと渦巻いている。

「おい、真田、あんなこと言って大丈夫か……」

佐竹管理官の不安な声が耳に入ったが、完全に無視した。

「じゃあ聞きます。なんでそんなところでぶざまに騒いで、ゆんちゃんを危険にさらすの？」

夏希はつよい力を声に込めて叫んだ。

「なに言ってんだ？」

「意味わかんないっすけど」

「かもめ★百合錯乱」

野次る者も少なくなかったが、おおかたの群衆が夏希の次のひと言を待っていると実感できた。

「あなたたちがその場にいると、警察が仕事できなくなる。そうしたら、ゆんちゃんだってじゅうぶんに守れなくなる。あなたたちはゆんちゃんを守る警察の仕事を妨害してるわけ。馬鹿なの？」

一語一語、はっきりと夏希は発声した。

群衆は静まりかえった。

夏希は椅子から立ち上がってマイクを掴《つか》んでいた。

「わたしがゆんちゃんに代わって、サル男たちに命令します」

張り詰めた自分の声が県警本部前の路上に響いている。

「おおっ」

「なんだ？」

「言って、言って、早く言って！」

群衆の期待感が高まったところを見計らって夏希は深呼吸した。

「サルどもに告ぐ。直ちにこの場から立ち去りなさい！」

夏希は腹の底から声を出して叫んだ。

この一言に群衆は驚喜した。

天に向かって両手を上げて小躍りしている者もいる。

夏希は大きく息を吸い込んで、追い打ちを掛けた。

「みんなさっさとサル山に帰るのよっ！」

群衆の歓喜は頂点に達した。

「いえぃ、俺たちみんなサルどぉえす。ウッキー」

「サル一号帰りまぁーす」

「サル二号帰りますっ」

群衆は左右両方向に直角に身体の向きを変え、ふたつの流れを作り始めた。

戸惑いのあった者たちも、多勢に流されてその場を立ち去ってゆく。

あっという間に県警の前は静まりかえった。

夏希は倒れ込むようにくたくたと椅子に座った。

「ミラクルだ！」

小早川が素《す》っ頓狂《とんきょう》な声で叫んだ。

「たしかに信じられません」

織田も驚きに目を見張っている。

「よくやった、真田」

佐竹が右手を突き出してきたので、夏希は握手し返した。

「真田はね、まかせて大丈夫な女なんだよ」

福島一課長は満面に笑みを湛《たた》えている。

十分ほどして戻ってくる者がいないと判断されたのか、鉄扉が開かれた。

制服警察官隊も建物に戻っていった。

「おい、テレビの音を上げろ」

小早川が命じた。

「なんと言うことでしょう。集まっていた人々は姿を消し、神奈川県警本部前はふだんの姿を取り戻しました。県警ただ一人の心理捜査官として有名な、かもめ★百合さんの説得が功を奏したのです」

興奮気味のレポーターの声が響いた。

「もういいです。テレビ消して下さい」

照れではなかった。甲高い声がつらかったのだ。

連絡係がテレビを消してくれた。

「ネットも賞賛の嵐ですよ。見ますか」

小早川が声を弾ませた。

「いいです。疲れました。五キロくらい痩《や》せたんじゃないんでしょうか」

正直な自分の気持ちだった。いまのパフォーマンスは、夏希にとってあきらかにキャパオーバーだった。

「真田はしばらく休んでろ」

福島一課長はいつだってやさしい。

「休めるところなんてあるんですか」

「隣に休憩室があったはずだ。エネルギーが戻ってくるまで、そこで横になっていていいぞ」

「それじゃ、お言葉に甘えて十分くらい休ませて頂きます」

夏希はふらふらとした身体を支えながら廊下へ出た。

福島一課長の言葉通り、会議室の隣に小部屋があった。

ドアを開けると、畳敷きの六畳間だった。

夏希は畳の上に身を横たえて目をつむった。

だが、すぐにスマホに着信があった

起き上がって表示を見ると、上杉だった。

「真田、おまえやっぱりすごいな」

上杉は感心したような声を出した。

「テレビ見てたんですか」

「ああ、いま公園にクルマ止めてカーナビで見てたよ。あの連中をよく追っ払ったな」

「上杉さんに教わったおかげですよ」

「俺が何を教えた？」

「恐妻組合」

上杉は声を立てて笑った。

「そうか、それか。役に立ってよかったよ。ところで、ちょっと出られないか？」

「出るってどこへですか」

「俣野町の第二現場さ。真田に見てもらいたいんだよ」

「特捜本部で用済みなら、行けるんですけれど」

「そうだったな、特捜本部に昇格したんだってな。いまの仕切りは誰だ？」

「福島一課長です」

「福島さんなら出してくれるだろう」

「織田さんもいます」

「なんだよ、余計なヤツがいるな……邪魔だから霞《かすみ》が関《せき》に帰れって言っとけ」

「そんなこと言えません」

「言えるだろう。織田のサル野郎、さっさと霞が関に帰りなさいってな」

さもおもしろそうに上杉は笑った。

「やめてくださいよ」

「はははは、いま福島さんに電話入れるよ。なに、昼飯前の仕事だ」

「わかりました」

「そっちへ着いたら、電話を入れるから……あ、俣野町に行くってみんなには言うなよ」

「了解です」

会議室に戻ると、福島一課長が近づいて来てほほえみを浮かべた。

「真田はモテるんだな。今度は上杉が呼んでるぞ」

「上杉って根岸分室の？」

織田が耳をそばだてた。

「そうです。上杉さんにデートに誘われちゃった」

珍しく織田は返事もせずに不機嫌そうにそっぽを向いた。

織田と上杉は東大の同級生で実は仲よしだが、二人はやはりライバルなのだ。

「はははは、真田は変な連中には妙に人気があるからな」

ぶしつけに笑ったのは佐竹管理官だった。まぁ、これは真実だが。

「行ってもよろしいですか」

福島一課長はにこやかにうなずいた。

「もちろんだ。ヤツは何か別の捜査をしているらしいが、真田に現場を見てほしいそうだな」

「あんまり意味があるとも思えないんですが……」

謙遜《けんそん》ではなく実感だった。

「いや、上杉は直感が鋭いし、無駄に働くのが嫌いな男だ」

「それはよくわかります」

根岸分室の中へ入ってみればわかる。上杉は無駄に働くよりは漫画誌を読んでいるほうが好きな男だ。定刻を過ぎれば一升瓶で茶碗酒《ちゃわんざけ》というタイプだ。

だが、ひとたび関心を持つと突っ込み方が人とは違うようだ。言ってみれば猟師型の人間なのだろう。狩猟民族のＤＮＡをたくさん持っていそうな気がする。


【2】


二十分ほど経って、上杉から駐車場まで下りてくるようにとの電話が入った。

ランクルの覆面に乗り込むと、無言で上杉はクルマをスタートさせて若宮大路へと入った。

クルマは鼻先を海とは反対の鶴岡八幡宮へと向けた。

「大活躍だったな」

横顔で上杉は笑った。

「その話はもういいです。それより、まだ、この贖罪幽鬼の件を捜査してるんですか」

「ああ、やめる理由はないからな」

上杉はさらっと答えたが……。

「だって、二件目の殺人事件が起きた時点で、贖罪幽鬼のメッセージが偽装でないとはっきりしたんじゃないんですか」

「俺には断定できるだけの材料はない」

上杉は気難しげに眉根《まゆね》を寄せた。

「でも、特捜本部では『星のしずくはスイカ畑の夜に永遠に光る』事件と同一線上の熱狂的なファンによる犯行とみていますよ」

「真田はどう思ってんだよ」

ちらっと夏希の顔を見て上杉は訊《き》いた。

「うーん、そうですねぇ。やっぱり脅迫と殺人では乗り越えるべきハードルの高さが違うように思うんですよね」

まだ、この違和感は消えていなかった。

「そうだろ。誰かを『死んじまえ』って思ったって、そう簡単に人は人を殺しやしない。

それに、二人殺せば死刑が量刑相場だ」

「いずれにしても、動機としてはやはり貧弱だと思っています」

「俺もそう思っている。人が誰かを殺すってのはそれなりのつよい思いがあるもんだ」

　上杉はどこかしんみりとした口調で言った。

「無差別殺人事件などはどうですか」

「たしかに無差別事件の犯人は、被害者に対しては動機を持っていない。しかし、殺人行為そのものについては明確な動機があるのが一般的だ。真田だってマシュマロボーイ事件などで経験したはずだ」

「たしかにその通りですね」

　あの事件では、犯人は社会に対して絶望しきっていた。

　八幡宮の太鼓橋が見える突き当たりで左折したランクルは、北鎌倉駅の方向へと向かっている。そぞろ歩くたくさんの観光客が車窓を通り過ぎてゆく。

「ところで、黒田刑事部長のお考えは変わっていないんですか？」

「さぁな」

「え？　指示を受けてないんですか」

「いや、内命を受けてから一度も連絡とってないよ」

　夏希は驚いた。

「だって二件目の殺人が起きたじゃないですか」

「だからって、俺から部長に電話して、仕事降りたいですって頼むのか?」

「いえ……そういうわけじゃ」

たしかにそんなことを言い出す上杉ではあるまい。

「逆に刑事部長からも一切連絡はない。つまり命令は取り消されてないんだ。それだけでじゅうぶんだよ。俺が好き勝手に捜査できる。しかも、いつもとは違って刑事部トップのお墨付きがあるんだ」

「なるほど、わかりました」

おそらく黒田刑事部長も贖罪幽鬼のメッセージに違和感を覚えているのだろう。

トップは自分の直感で動くことは許されないはずだ。客観的に蓋然《がいぜん》性が高い……言い換えれば、多くの捜査員たちが納得できる捜査方針を採用しなくてはならないに違いない。

途中までのルートは土曜日の梶原の現場からの帰り道と一緒だったが、小袋谷からは直進だった。クルマは大船駅の横を通って、藤沢バイパスの下を抜け、小一時間で緑豊かな公園地帯に入っていった。

「この左手は横浜薬科大学だ」

「あの背高のっぽのビルはなんですか」

さっきから気になっていたのだが、二十階建てくらいの細長い高層ビルがある。まわりにそんな高い建物がない場所にすっくと立っているさまがちょっと異様な感じだ。しかも寄棟造の屋根が仏教寺院に似ていて不思議だった。

「あれは横浜薬科大の図書館棟だよ」

「へぇー変わった建物ですね」

「まぁな……右手は俣野公園の野球場だ」

薬科大の正門の反対側に、ナイター設備の整った野球場が見えた。

「これを過ぎると現場はすぐだ」

道路が大きく右へカーブした先の左手には丹塗《にぬ》りの春日《かすが》神社があった。その先の人家を過ぎてしばらく進んだあたりで上杉はクルマを停めた。

「ここだよ。下りてみよう」

上杉に続いて夏希もクルマの外へ出た。

道路の両脇には雑木林がひろがっている。左側はフェンスの向こうはただの林のようだが、右側は公園のような広い施設がある。

「右手に横浜市営のメモリアルグリーンという大型墓地がある。平成十八年に開園したんだが、現在はもういっぱいのようだ」

「お墓とはとても思えませんね」

夏希の育った函館《はこだて》西部地区は、外国人墓地で有名だが、仏教寺院の墓地ももちろん少なくない。いずれも存在感抜群の墓地ばかりだった。この墓地は外からは公園にしか見えない。

「芝生型納骨施設、合葬式慰霊碑型納骨施設、合葬式樹木型納骨施設……とまぁふつうの墓石を置かない、いま風の霊園だな」

「なるほど……」

函館の墓地は明治《めいじ》風ということになるのであろう。

「ところで、第二事件の舞台はここだ。被害者の岩城は、スポーツジムからの帰り道、いつもその細い道からこの道路へ合流していた。彼の家はこの先のドリームハイツという集合住宅だった」

振り返ると、細い道が左手に下っていた。道は竹藪《たけやぶ》のなかを通っている。

「合流地点から五十メートルほどのこの地点で、岩城はクロスボウで攻撃を受けた」

上杉は路上を指し示した。

「真田、この場所から受ける印象は」

「夜はさみしいところですよね。ものすごく。しかも右手はお墓なんですから……わたしは夜に一人でこんなところに来られないですね」

「そうだろうな。男だって、一人で夜に来るのは嫌がるヤツが少なくないさ」

「これは理詰めの考えなんですけれど、精緻《せいち》な感覚を持った論理性にすぐれた犯人ですね。だって、まずここなら防犯カメラは絶対にない。人通りどころか、夜間は駐車車両だってないでしょう」

「夜にこんなところに用事のあるヤツはいないからな」

「そのうえ、細い上り坂からの合流ですから、バイクはあの場所で一回停止しますよね」

「うん、少なくともかなり減速するだろうな」

「スピードが落ちているからクロスボウでも狙いやすかったんじゃないですか。しかも……狙撃《そげき》するための高所がたくさんあります」

夏希はまわりの木々を指さした。墓地側には太い幹を持つ頼もしい古木が何本も生えていた。

「気づいたか。どの木から狙ったのかははっきりしないが、墓地側に散在している木に上って樹上から狙ったんだ。墓地と道路を隔てているスチール柵《さく》は子どもでも乗り越えられるほど低いからな」

「犯人は岩城さんの帰宅経路を熟知していて、丹念に現場を偵察して襲撃地点を決めたとしか思えません。用意周到で計画性に富んだ人物像が浮かんできます」

「そこなんだよなぁ」

上杉は嘆くような声を上げた。

「なにがですか？」

「第二事件の現場を見て思わないか。第一事件の現場とはあまりに違うって」

「たしかにさみしいのは一緒ですが、梶原は素人臭く失敗しても不思議のない犯行に感じられました。それに比べてこちらは」

「素人らしくないだろ？」

「そう思います。こんな場所でのクロスボウによる狙撃なんてふつうの人間には難しいです」

「俺にはふたつの殺人事件が同じ人物の犯行とは思えないんだよ」

「わたしも同じ感想を持ちました。最初の話に戻りますが、わたしだったら夜にこんな場所に一人で来るなんて考えられません。しかも、お墓の木に登って岩城さんのバイクを待ち受けるなんて怖くて死にます」

「しかも、後方から攻撃している」

「どういうことですか？」

「バイクの場合、前方からではヘッドライトがまぶしくてライダーの顔を確認することは困難だ。しかし、後方からであれば、少なくともナンバープレートの数字が確認できる。ターゲット以外の人物を誤って殺す確率は格段に低くなる。一方で向かってくるバイクのライダーを狙うのに対して走り去るライダーを撃つのはずっと難しいんだ。物理学の法則を考えずとも直感でわかるだろう」

「たしかにちょっとタイミングを逃せば、逃げ去っちゃうわけですからね」

「ところが、犯人は過たずに肩と背中に一本ずつ矢を射ている。射撃の腕もさることながら、冷静沈着な人物としか思えないんだ。さらにもうひとつ理解できないことがある……」

夏希にはすぐにその答えがわかった。

「もしクロスボウが使えるのであれば、なぜ、梶原の現場で使わなかったか、ですね」

上杉は夏希を指さした。

「だってそうだろ。あの現場だってクロスボウを使ったほうがずっと確実に殺せたはずだ。突き落とすなんて素人臭いことをせずともな」

「残置したアルミ矢から足がついて、第二の犯行を実行する前につかまると危ぶんだからでしょうか」

まったく信じていない仮説を夏希は口にした。

「これだけ慎重な第二事件の犯人だ。そう簡単に足がつかないようなクロスボウを用意しているさ。現に、科捜研でもどこのメーカーかも判明できていない」

「そうですよね……では、上杉さんは結論として？」

「真田はどう考える？」

「第一事件の犯人はずぶの素人、第二事件の犯人は慎重で計画性があって勇気もあり、クロスボウの技術も持った人物なのでしょうか」

「俺と同じだ」

「つまり贖罪幽鬼は二人いると考えていいんでしょうか」

夏希の胸の鼓動は高まった。

「そう考えればつじつまが合う部分もある。しかしなぁ……」

上杉は小さくうなった。

「ちぐはぐなんだよ」

「なにがですか？」

「動機さ……」

「え？」

夏希は我が耳を疑った。

「上杉さん、被疑者についてなんか摑《つか》んでるんですか」

「いや、仮説も仮説さ……ひどい仮説だ」

照れたように上杉は笑った。

「教えて下さい」

夏希は気負い込んで訊《き》いたが、上杉は首を横に振った。

「まだダメだ。ここでそんなこと口にしたら名誉毀損《きそん》になっちまう」

半分冗談なのだろうが、上杉は背中を震わせる素振りを見せた。

「じゃあ、具体的な話はいいです。話せる範囲で教えて下さい」

上杉はちょっと黙っていたが、やがてゆっくりと口を開いた。

「第一事件の動機については、ある仮説を持っている。だが、証拠はひとつもない。しかも素人そのものの犯行態様が俺の仮説とは合致しないんだ」

「つまり、第一事件の犯人は素人ではないと考えているのですね」

「繰り返すが、まだ仮説の域を出ていない。真田にすら話せない」

「でも、ちょっとだけ」

夏希は両手を合わせて繰り返し尋ねた。

「蜂須賀至郎はあちこちから恨まれていた情報を得ている」

上杉は直接の答えを返さなかった。

「女性に対してもだらしない男だったようですからね」

「それだけじゃなく、ビジネス面でも問題の多い男だったようだ。上司には逆らい、部下には常に尊大に振る舞う。金にも汚いところがあったようだ。蜂須賀を殺したい人間は多方面に及ぶと考えられる」

「どの方面をいちばん本命だと考えているんですか」

重ねての問いに上杉はあきらめたように答えた。

「《サクラテレビ》の関係者を疑ってる……とだけ答えておくよ」

上杉は路面に視線を落とした。

ギリギリいっぱいの答えであると夏希にもよくわかった。

しかし、《サクラテレビ》の関係者とは、いったい何者なのだろうか。いまのところ特捜本部でそれらしき人物の名前は出ていない。

「この場所で起きた第二事件はどうなんですか」

「第二事件についてはまったくなにひとつ摑めていない。だがな……声優が狙われたことに不自然さを感じている」

「どうしてですか？」

夏希にはわからなかった。

「だってそうだろう。贖罪幽鬼はアニメが原作を改変したことに腹を立てて犯行に及んだと主張しているわけだ。プロデューサーの蜂須賀や監督、脚本家を狙うならともかく、なんで声優の岩城貞行を殺したんだよ」

「だからそれは、岩城の演ずる西尾光司が多賀マリンに対して上から目線だからと……」

夏希の言葉を遮って上杉は続けた。

「どうも俺には信じられない。アニメ改変に腹を立てた動機は奇妙だが、思い込みのつよいヤツならあり得るかもしれない。しかし、奴隷役がヒロインに対して上から目線だからって、演じている声優を殺すなんておかしくないか」

夏希はハッとした。

「たしかにそれも出演者の声優じゃなくて制作者に原因があるわけですよね」

「その通りだ。声優を殺した時点で、アニメオタクの犯行でないと言う可能性が高まったんじゃないのか」

上杉の指摘は特捜本部とは正反対の考え方だった。

「しかし、逆に声優を襲ったことが、俺が追っている線の動機とはちぐはぐなんだよ」

上杉は思案顔で言葉を継いだ。

「相当複雑な事件かもしれませんよ。ずっと単独で捜査を続けるんですか」

「俺だってどこまでも一人で仕事ができるとは思ってない。もう少し詳しいことが掴めたら、ほかの連中にも手伝ってもらうさ」

「その前にわたしに話して下さい」

「そうだな……真田には真っ先に話すよ。だがな……」

上杉は眉根《まゆね》にしわを寄せて言葉を継いだ。

「俺はこの仮説が間違っていてくれることを願っているんだ」

「どうして？」

「それもまだ言えない……帰るぞ」

あっさり会話を打ち切って、上杉は運転席にひらりと飛び乗った。

夏希が乗ると、上杉はクルマをＵターンさせてもと来た方向に走り始めた。

正面の林の上に、例の奇妙な薬科大の図書館棟が見える。

「このあたりはむかしはさみしいところでね」

上杉は窓の外へ目を置きながら言った。

「いまもじゅうぶんさみしいですよ」

「だけどな……このあたりには大きな遊園地があった時期もあるんだよ」

「遊園地ですって！」

畑や林が目立つこのあたりにはそんな気配は少しもない。

「ああ、《横浜ドリームランド》って言ってな、東京オリンピックの年に開園した。遊園地のほかにもボウリング場とスケート場、ショッピングモールや映画館も併設されていて、それは大きなレジャーランドだったんだ。ところが、場所がよくないこともあって、経営はどんどん悪化した。とくに一九八三年のＴＤＬ開園が痛手となった。仕方なく経営会社はいろいろな施設を次々に切り売りしていった。ところで、あの、薬科大の図書館棟も昭和四十年に開業した《ホテルエンパイア》っていうホテルだったんだ」

　なんとなく納得できた。どうも大学図書館としては異様な建物だと思っていたのだ。同じ戸塚区に住んでいながら、このあたりのことは何ひとつ知らなかった。マップで見ると、夏希のマンションとは直線距離で五キロ程度しか離れていなかったが、足を踏み入れるのも初めてだった。クルマのない生活ではどうしても行動範囲が限られる。

「変わったかたちをしていますよね」

「五重塔をモチーフにした和風建築を採用し、内部も桃山《ももやま》風のインテリアだった。外国人観光客の利用を見込んだんだな。ドリームランドは二〇〇二年に閉園し、ずっと野ざらしになって廃墟《はいきょ》と化していた。その頃は本当にさみしい場所だった。だが、横浜市が買い取り総合公園として整備を始め、二〇〇六年にはいまのメモリアルグリーンという墓地も造られた。さらに同じ年に横浜薬科大が開校し、その翌々年には野球場もできて、ぶざまな雰囲気は消えた」

　上杉はちょっとさみしそうな顔つきで言った。

「上杉さん、このあたりの育ちなんですか？」

「いや、若い頃にな、ここにあったドライブインシアターに何度か遊びに来たことがあってね。その頃はまわりは廃墟だらけだったよ」

カリナという女性と来たのだろうか。だが、夏希には聞けなかった。

往路よりは若干混んでいたが、それでも一時間少しでランクルは鎌倉警察署の駐車場に戻ってきた。

「なにかはっきりしたことが出てきたら、連絡するよ」

「お願いします。上杉さんの捜査に期待しています」

あいまいな顔で笑うと、上杉はかるく手を挙げてウィンドウを閉めた。

ゆっくりと若宮大路に出て行くランクルを見送りながら、夏希は上杉の捜査への興味がこんこんと湧いてくることを抑えられなかった。

捜査本部へ戻ると、会議室がなんだかざわついている。

「どう考えても危険です。このまま開催させるわけにはいきませんよ」

小早川管理官の強い声が響いている。

「でも、我々には中止を命令することはできません」

織田理事官は穏やかに言っているが、その表情はこわばっている。

「まったく、我々の負担をどう考えているのか」

佐竹管理官が苦々しげに吐き捨てた。

なにごとかに熱中していて夏希の入室に誰も気がつかない。連絡係の制服警察官がぱっと頭を下げた。

「戻りました」

織田が気づいて近づいて来た。

「真田さん、お帰りなさい」

「いったい何が起きたのですか」

「新しい事態の発生ではないのです。明日《あした》から三日間、『僕の妹は真夏の夜には夢を追わないの』舞台上演があるんです」

「その舞台に小野木ゆんが主役で出演するのですよ」

小早川が追いかぶせるように言った。

「なんですって！」

夏希は小さく叫んだ。

「ずっと前から決定していたことで、チケットもほぼ完売だそうです。もし、贖罪幽鬼が舞台を襲うようなことがあったら大変です。しかも、脚本家の別所隆治も最後にあいさつするそうです」

小早川は苦々しげに続けた。

「ターゲット候補が二人ですか……」

「贖罪幽鬼からの第一メッセージが届いてから、我々は繰り返し中止要請をしています。

しかし、主催者側の《夢中《むちゅう》シアター》も、所属事務所の《ティアラ・プロモーション》も、スポンサーである《サクラテレビ》も強硬に上演すると言い張っているのです。さっき、最終決定として予定通り開催すると通告してきました。『危険性はあっても我々の損失を考えれば上演はやむを得ないと判断した』ということです。チケット代はＡ席で五千円だそうです」

「たしかにチケット代を払い戻したら、大損でしょうね」

「仮に三千枚で一枚五千円の三夜となると、単純計算で四千五百万円の売り上げとなるはずです。これを我々が損失補償できるわけもないですからね。それに、小野木ゆんにとっても、自分を売り出す、すごくいい機会になるはずですよ」

小早川の言葉に佐竹も大きく顔をしかめてうなずいた。

「贖罪幽鬼の卑劣な脅迫にも敢然と立ち向かう勇気ある女性というイメージで売れるな」

「今回の舞台は初日の今日の分はサクラテレビが収録して後日、ＢＳで放送するそうです。また、ニカニカ動画ではネット配信によって生中継する予定になっています。小野木ゆんにとっては一世一代の晴れ舞台となるでしょう」

「それじゃあ、なおのこと中止要請には耳を貸さないだろう」

佐竹は嘆くように言った。

「だが、やはり危険ですよ。もっと強硬な手段で中止させられないでしょうか。なにか法的な手段はとれないものかな」

小早川は思案げな顔になった。

「どのように法的構成しても、我々には彼らの行動を止める権限はありません。さらに、無理やり中止させれば、また、今朝のような騒ぎが起きかねません」

織田の指摘は正しいだろう。警察が無理に止めたとなると、暴動すら起きかねない。

ファンの暴走が怖いことはよくわかった。

「たしかに真田がいなければ収まりがつかなかったな……それに贖罪幽鬼は、小野木ゆんや奥平信次を狙うとストレートに予告しているわけではないんだ。中止要請以上の手段をとれる根拠はない」

福島一課長の言うとおりだ。ゆんたちをターゲット候補と考えているのは警察の判断に過ぎない。

「たしかに、昨夜殺された岩城貞行もノーマークでしたね」

佐竹管理官もうなった。

「県警警備部が警備体制を組み始めているようですが、混乱を避けるためには難しい部分が多いですね」

小早川管理官は眉間《みけん》に深いしわを寄せた。

「特別警備本部を置くことが適当とは思われません。記者発表もしないとならないし、かえって騒ぎを大きくするだけでしょう」

織田は考え深げに言った。

特別警備本部は、特別な場合に短期に限って設置する警備本部だが、本部長は警視長を以《もっ》て充てることになっているので、警察としては大きな動きとなる。

「たしかに派手な動きはまずいな」

福島一課長は腕組みしてうなった。

「むしろ、シークレットな警備体制を組むべきです。例えば、観客からは気づかれないような……わたしから県警の警備部にはサジェストします」

織田のサジェストは大きな効果を生んでくれるだろう。

「織田理事官がシークレットに警備本部を仕切って下さるとありがたいですね」

小早川管理官の提案に織田は首を横に振った。

「無理です。警察庁職員にその権限はありません」

夏希は肝心な点について聞いていないことに気づいた。

「今回の会場はどこなんですか」

「ああ、言い忘れていました。横浜市西《にし》区の野毛山野外音楽堂ですよ」

「あそこですか！」

夏希は小さく叫んでしまった。

「先日、《オレンジ☆スカッシュ》のコンサートが開かれて、たくさんのサルどもが罵《ば》倒《とう》プレイを楽しんだ場所ですね」

小早川管理官は唇を歪《ゆが》めた。

　言葉に窮して夏希は話題を変えた。

「あ、そうだ。岩城さんが亡くなったので、西尾光司の役に困るんじゃないんですか」

「舞台とアニメはすべての配役が一緒なのではなく、もともと西尾光司役は別の若手俳優である遠藤慶介《えんどうけいすけ》が演ずることになっています。ただ、《オレンジ☆スカッシュ》の四人はアニメと同じ役柄で出演する予定です」

「四人とも出るのですか」

　夏希はゆんと杏奈の顔を思い出した。

「そうです。ただし、舞台はアニメのほんの一部をつまんだ別立てのシナリオだそうです」

　小早川の言葉に夏希は気負い込んで訊いた。

「アニメとは違う脚本なんですか」

「時間的な制約も大きいですからね。別所さんは、今回の事件の前にすでに舞台のシナリオを書き上げていたようですが……」

「となると、シナリオをチェックするためだけにでも、贖罪幽鬼が会場に来る可能性は高いですね」

　夏希の言葉に織田がいち早く反応した。

「贖罪幽鬼が舞台を襲うことばかり心配していました。しかし、そういう愚挙に出ないとしても、贖罪幽鬼の今までの思考方法からすれば、シナリオが自分の理想とする多賀マリンと離れていないか、確認するために来場する可能性は高いですね」

「贖罪幽鬼を検挙できるチャンスがあるかもしれんね」

福島一課長は身を乗り出した。

「どうでしょう課長、会場警備は基本的に警備部に任せて、特捜本部の精鋭メンバーで会場に出張って、なんとか贖罪幽鬼を見つけ出す努力をしてみては」

織田の提案に福島一課長は大きくうなずいた。

「やるべきだね。タケさんどうかね？」

「異論はありません。こっちはわたしが仕切りますから、課長が会場へお出かけ下さい」

佐竹管理官は熱のこもった調子で言ったが、福島一課長は首を横に振った。

「いや、わたしは特捜本部に残るよ。小早川管理官もここで警備部をまとめてほしい。会場のほうはタケさんが仕切ってくれ。あんたのほうが、いざというときちゃんと動ける」

「わかりました。一課から捜査員を二人連れて行きます」

「うん、いいだろう。人選は任せる。それから、真田、君もあっちへ行ってくれ」

「了解しました」

「わたしも会場に行きたいのですが……」

あえて遠慮がちに織田が申し出た。

「織田さんはここに残って頂きたいな」

福島一課長は戸惑いの色を見せたが、織田は食い下がった。

「自分なりに会場で勘を働かせてみたいのです」

現場好きの警察官僚など、ほかにはいないのではないか。だが、夏希は織田のこうしたところを好もしく思っていた。

「そうですか。では、お願いします」

福島一課長はあっさり旗を巻いた。

「あの……ひとつ提案があるのですが」

「なんだね、真田？」

「アリシアを現場に出したいのです。何かあったときに心強いです」

夏希の直感だった。いままでアリシアには何度も生命を助けられている。

「ははは、真田の用心棒か」

福島一課長は上機嫌に笑った。

「いや、よいのではないでしょうか。不審者の発見に嗅覚《きゅうかく》が重要な役割を果たすこともあり得ます。たとえば贖罪幽鬼が薬物をやっていた場合などにはアリシアの鼻が功を奏するでしょう。彼女は今年に入って麻薬探知犬のプログラムも受けているようですし」

織田の言葉に福島一課長はすぐにうなずいた。

「わかった。アリシアにも参戦させよう」

「小川巡査部長も参加させる必要がありますね」

佐竹の言葉に福島一課長はほほえんで答えた。

「当然だ。アリシアのおもりは必要だろう」

「会場に犬を入れるのは難しくありませんか」

小早川の問いに織田が即答した。

「障碍者《しょうがいしゃ》の方には大変に申し訳ないのですが、こういう事態ですので、介助犬か盲導犬、聴導犬あたりの触れ込みでどうでしょう」

織田の提案に小早川がぽんと手を打った。

「それはいいですね。そのためのハーネスや胴着はこちらで用意しましょう」

「では、織田さんがオブザーバーで、タケさんの仕切り、真田、それからアリシアと小川だ。全員、私服で会場に出張ってくれ」

福島一課長がとりまとめたが、夏希は佐竹を見ていて不安になった。

「だけど、スーツ姿ではダメですよ」

「どんな服を着ていいのかわからんよ。だいいちロクな私服がうちにはない」

いつもスーツをビシッと決めている佐竹が言うとおかしかった。

「《オレンジ☆スカッシュ》のファンTシャツがあるようなのですが、それを着たらどうでしょうか?」

「真田さん、詳しいですね」

小早川が目を見開いた。

「いえ、ちょっとネットで調べただけです」

夏希は口ごもるしかなかった。

「それよりみんなスタッフに扮《ふん》したほうがいいですよ。インターカムを付けていても不自然ではないですし」

「そうですね、たしかにそのほうが動きやすいですね」

前言とは違ってくるが、夏希も小早川の提案には賛成だった。

「では、オフィシャル用のTシャツを用意させましょう」

小早川は請け合った。

「明日《あした》の舞台は午後七時開場なので、六時には県警本部《かいしゃ》の刑事総務課に集まってほしい。庁舎内でTシャツに着替えて刑事部のワゴンで会場に向かおう」

佐竹の仕切りに全員がうなずいた。

窓の外では陽が傾き、鎌倉体育館の向こうの空が少し染まり始めていた。

（なにもなければそれがいちばんだ……）

薄茜色《あかねいろ》の空に目を置きながら、夏希はこのチームの結成が無駄足に終わることをこころのなかでつよく願っていた。

今日は早く帰れそうだ。

もうしばらくすれば満月が姿を現すだろう。

舞岡の家に帰ったら、シェリー片手にひとり月見を楽しもう。

ＢＧＭには古今の月にまつわる曲を集めてみようか。

『ムーン・グロウ』『ムーン・リバー』『ムーンライト・シャドウ』『キャント・ファイト・ザ・ムーンライト』『マイムーン・マイマン』『ムーンライト』……。

部屋にはたくさんの月の曲があったはずだ。

夏希は帰宅してからのつかの間の夜の休息時間を楽しみにしていた。

緊張感の続く仕事だからこそ、帰宅後の時間は大切にしたい。夏希は働き始めてから、ずっとそうして毎日を過ごしてきた。精神科の臨床医であった頃にも負けず、心理捜査官の仕事は厳しい。ただ、いまは多くの仲間とともに心を合わせて働いているという実感が夏希を励まし続けていた。

第四章　真夏の夜の悲劇

【1】＠二〇二〇年八月五日（水）

水曜日の午後六時半過ぎ、夏希たちを乗せた警備部のワゴンは、野毛山野外音楽堂から百メートル以上離れた横浜市水道局の施設に乗り入れた。ここを利用することは、事前に横浜市に了解を取ってある。

夏希たちは誰もが胸に『僕の妹は真夏の夜には夢を追わない』のタイトルとＳＴＡＦＦの五文字を白く抜いたネイビーのＴシャツを着ていた。

織田はさすがにこなれた雰囲気で、黒セルの伊達《だて》メガネやクラッシュデニムのコーデも文句ない。

佐竹はオールバックの髪をおろしてラフなヘアスタイルを目指しているが、少しも似合っていない。しかもボトムスにはグレーのゴルフパンツを穿《は》いている。デニムやチノパンの持ち合わせはないようだ。

佐竹が引っ張ってきた捜査一課の捜査員は二人とも若くて優秀そうな男たちだった。

背の高いほうが早川、もう一人が山崎という名前で、ともに巡査部長だった。二人とも三十歳前後だろう。

小川はワゴンのリアゲートを開けて、ケージからアリシアを出した。

アリシアはいつものようにしゅるっと出てきて、アスファルトの上ですっくと姿勢を整えた。

県警本部ではゆっくりふれあう時間がなかった夏希は、たまらずにアリシアに近寄っていった。

「アリシア、今日も頑張ってね」

夏希は声を掛けながら、アリシアの前でしゃがんだ。

アリシアはトコトコと近づいて来て、夏希のデニムの膝小僧《ひざこぞう》に右の前足をちょんちょんと載せた。続けてアリシアは夏希の膝にあごを載せ、ため息のようにふーっと息を吐いた。

「いい子ね、アリシア」

たまらずに夏希はアリシアの頭を撫《な》でた。アリシアは気持ちよさそうに目を細めてされるがままになっていた。

「さぁ、アリシアお仕事だぞ」

「くうん」

アリシアは夏希から身を離して姿勢を整えた。

小川はハーネスをとり付けた。

引き締まった小川の表情を見て、土曜日とは別人を見る思いがした。やはり、この男はアリシアとセットでないとダメなのだ。

結局、アリシアは盲導犬に扮することになった。

ハーネスがないと、彼女はお仕事モードには入れないが、介助犬や聴導犬は胴着のみでハーネスを付けないらしい。

いつものU型ハーネスは盲導犬を示す白色に塗色され、「盲導犬・お仕事中」という文字の入った四角いハーネスバッグを取り付けられていた。小早川は芸が細かい。

それにしても、視覚障害者を演じなければならない小川は大変だ。

「いざというときには、舞台上手側のこの位置に集合だ」

佐竹はタブレットの野音配置図を指し示した。右側の中央あたりである。

「そろいのインカムとシナリオを配ります」

若手捜査員が黒いボストンバッグから支給品を取り出した。

「こいつは警察無線ではないが、我々だけのチャンネルに合わせてある。さらに仕組みはよくわからんが、小早川とはネットを介して会話ができるそうだ。親機は俺が持たされている。では、会場に向かおう」

一同は坂を上って野毛山音楽堂の正面入口に辿《たど》り着いた。

会場入口には長蛇の列ができている。

厳しい持ち物検査が行われているのだ。

かたわらには「悲しい事件が発生しています。お客さまと出演者の安全を守るために持ち物検査にご協力下さい」と掲示されたサインスタンドが置かれている。

「はい、通って下さって結構です」

数メートル離れたところに大きい機械があって、ディスプレイを覗《のぞ》き込んでいる警備員がいる。アラートが鳴ると、ゲートにいるほかの警備員が入場者を止めている。

「すみません、なかを見せて下さい」

その若者のデイパックからは小型ナイフのビクトリノックスが出てきた。

「申し訳ありません。帰りまでお預かりさせて頂きます。退出時にこの番号札をこちらに見せて下さい」

若者は不服そうに口を尖《とが》らせたが、文句を言わずにナイフを警備員に渡した。

「ゲート前に並んで、お一人ずつご入場下さい」

別の警備員も汗だくだ。

空港の保安検査場とまではいかないものの相当に厳重な警戒ぶりだ。

民間会社のガードマンの制服を着ているが、この連中は警備部から派遣されている警察官なのだった。

夏希たちはインカムを持っているので当然のようにアラートが鳴った。

「わたしたち六人は《象の鼻スタッフ》です」

佐竹がインカムを見せながら、今日決めた県警警察官をあらわす符丁を伝えた。

「ああ、これはインターカムですね。ご苦労さまです」

警備員はにこやかに答えて、夏希たちを通してくれた。

荷物検査スペースを通り過ぎてから織田がささやいた。

「警備部はパッシブ・テラヘルツ・ボディスキャナを導入していますね」

「なんですか、それ？」

「自然放射されたテラヘルツ波という遠赤外線を受信して隠匿物を画像化するシステムです。プラスチック爆弾、液体爆発物、銃刀類、薬物等の粉体がスキャンできます」

「身体に害はないんですか」

トラブルになる怖れはないのだろうか。

「エックス線やミリ波などを照射するわけではなく、物体が発する遠赤外線を感知するだけです。人体にはまったく影響を及ぼしません。しかも、複数の人間をいっぺんに検査できるすぐれものです」

「そんな機械があるんですね」

「昨年の十一月に国土交通省が都営大江戸《おおえど》線・新宿西口駅で、あの機械を使用した荷物検査の実証実験を行っています。いずれ公共の場のいろいろなところで実用化されるでしょう。しかし、神奈川県警が導入していたとは知りませんでした」

夏希たちは正面入口を通過した後に、右手にあるスタッフ入口に向かった。

ここにももちろん警備員に扮《ふん》した警察官が立っている。

「おや、佐竹管理官、ご苦労さまです」

「おい、声が大きいぞ。俺たちはスタッフなんだ」

「おっと、そうでしたね。このドアの向こうはもう場内ですよ」

「よし、みんな行くぞ」

会場へ入ると、熱気が渦巻いていた。

聞いていたとおり、会場はほぼ満席だった。先日のコンサートよりも圧倒的に若い観客が多く、カップルが中心のように見えた。夏希は客層の違いに驚いた。《オレンジ☆スカッシュ》のファンばかりではなく、小説やアニメのファンが多いのだろう。

チケットの番号を頼りに、ゆるい階段状になった会場を舞台方向に進む。

「よし、ここはスタッフ用に確保してある席だ」

佐竹の指示で夏希たちは右手の上手側ブロックの最前列に並んで腰を掛けた。いちばん右端にはアリシアを連れた小川も座った。

ハーネスを外されてリードにつけ替えられてもアリシアはおとなしくしている。

右端だし、最前列なので舞台が見えやすい場所ではなさそうだ。

しかし、この位置ならば、いざというときにすぐに舞台に駆け上がれる。

ステージには前面左右にフロアに下りる階段が用意してあった。

定位置についたことで、とりあえず夏希はほっとした。

「下手側の同じ位置に座っているのは私服の本部警備部員ですね。さらに通路に十名以上、民間警備員姿の警察官が立哨《りっしょう》しています。これだけの警戒ぶりなら滅多なことは起こらないでしょう」

隣で織田が頼もしげに言った。

脚本家の別所隆治は、中央ブロックの五列目真ん中あたりに座るはずだが、いまのところ空席になっていた。中央ブロック五列目は来賓と記者席らしく、何かの紙が貼ってある上に空席が目立っている。

今日の横浜の日没は六時四十二分となっている。すでに天空はラピスラズリに沈んでいた。

先日のライブと比べて場内の照明はぐんと落としてある。

陽が落ちてしばらくすると、気分がうきうきするような明るいインストゥルメンタルが流れ始めた。

音楽が停まると、強烈なピンスポットが舞台を照らした。

白い輪の中に小野木ゆんが演ずる多賀マリンがセーラー服姿でベンチに座っている。

「ああ、なんでよぉ、なんでできてないのよぉ」

マリンは大きく嘆いてベンチから立ち上がった。

つぎの瞬間、舞台が明るくなった。

小公園のようなセットでベンチ脇には若い男性が立っている。

多賀マリンと、遠藤慶介が演ずる西尾光司の放課後の時間のようである。

「なんであたしの宿題やってくれなかったのぉ」

マリンは身もだえした。

「だって俺、明日《あした》、期末試験だぜ」

光司は大きく身を引いた。

「そんなのあたし関係ないし」

「苦手な数学と物理なんだよ。家に帰ったら徹夜だ」

「宿題やってからにしてよ」

マリンは腕組みして頬をふくらませた。

「そんな無茶な」

光司は仰《の》け反った。

「やれって言ってんだよ。このボケが」

マリンの回し蹴《げ》りで光司は倒れた。

会場は沸いた。

正直言って、あまりおもしろいとは言えない。

なんでこんな些《さ》細《さい》な日常風景に、小川は熱中できるのだろう。後半ではファンタジー要素も入って来るらしいが、そのあたりからはおもしろくなるのだろうか。

当の小川を見ると、熱心に舞台に見入っている。

背筋を伸ばしたアリシアもおとなしく舞台を見つめている。

インカムのイヤフォンから注意喚起のアラートが鳴った。

「本部よりスタッフ。緊急事態発生！」

小早川のこわばった声が響いた。

「小早川、なにがあった？」

佐竹の押し殺したような声が響いた。

「県警に贖罪幽鬼よりメールあり。内容を送る」

夏希はスマホを見て叫び声を上げそうになった。


──野毛山野外音楽堂に爆弾を仕掛けた。今夜の芝居上演中に最後の天誅《てんちゅう》をもっとも邪悪な者に加える。なお、警察および主催者に告ぐ。観客を避難させたら直ちに爆発させる。俺は会場の入口を監視している。正義の実行シーンをおとなしく鑑賞しろ。

贖罪幽鬼

「福島一課長は現場の佐竹さんの指揮に任せるとおっしゃっています」

「わかった小早川、場内にいる警備部員に直ちに入口付近に不審者がいないか捜査させろ。次いで爆処理を呼べ」

　佐竹は短く命じた。

「ダメです。次のメールを見て下さい」

　――俺を捕まえようとしたって無駄だ。直ちに門扉を閉じろ。門扉から一人でも出た者がいたときには直ちに爆発させる。また、警察車両が近づいたらやはり爆発させる。


「な、ん、だ、と……」

　佐竹は言葉を途切れさせて、うなり声を上げた。

「要求通り、門扉を閉めて出口付近に警備部員を配置して人の出入りを止めましょう。いまはこちらの動きを見せないほうがいい」

　隣で織田の声が聞こえた。

「そうだな、いまの織田さんの言葉通り、門扉を閉じて人の出入りを止めるように警備部員に下命しろ。また、会場に警察車両を近づけるな」

　佐竹の下命に小早川は引きつった声で応《こた》えた。

「了解、直ちに実行します」

「真田さん、本当に爆弾が仕掛けられていると思いますか、それともブラフでしょうか」

インカム越しではなく、生の声で織田は訊《き》いた。

「わかりません……でも、文体がいままでの気弱な感じとは違いますね」

「本気を出してきたんでしょうね。いったい誰がターゲットなのでしょうか」

中央ブロックを振り返ったが、別所隆治はまだ姿を見せていなかった。

「脚本家の別所さんはまだ来ていないようです。とすれば、やはりターゲットは小野木ゆんでしょう」

夏希の言葉に織田の表情が陰った。

「となると、爆弾は舞台付近に仕掛けられているのでしょうか」

「その怖れは大いにありますね」

もし爆発したら、最前列にいる夏希たちにも被害が出るかもしれない。

一瞬、身体がこわばった。

「アリシアを舞台に上げて爆弾捜索に当たらせるわけにはいかないでしょうかね」

織田の言葉は冷酷に過ぎた。

「そんな……アリシアが危険です。それに、そんなことしたら犯人が起爆スイッチを押しますよ。やめてください」

小声ながら、夏希は強い口調で制した。

「わかりました。ほかの方法を考えましょう」

織田は冷酷なプランを引っ込めた。

「発信元が確定できました。今回のふたつのメッセージは携帯電話網を使って発信されたものです。受信しているアンテナは会場からおよそ二百メートルの場所に設置されている携帯基地局のものです。犯人は会場内にいる公算がきわめて高い」

インカムから小早川管理官の緊張した声が響いた。

「小早川さん、警備部の連中に指示を出してくれ」

佐竹管理官の声が続いた。

「警備に当たっている全員に告ぐ。観客に気づかれぬように、爆発物等の不審物がないか近くをチェックしろ。特に舞台付近を重点的に探せ」

小早川管理官からの下命が流れた

警備担当官が巡回を装ってゆっくりと周囲を捜索し始めた。

夏希はメッセージに対してどこか懐疑的だった。

（本当に爆弾なのだろうか……）

警備課員の荷物チェックは民間警備員よりもずっと厳しいはずだ。彼らはプロフェッショナルとしての訓練を受けている。しかも、あの優れもののなんとかスキャナを使っている。観客が会場内に爆弾を持ち込むことなどできるものだろうか。

百歩譲って、仮に持ち込めたとしても、どうやって舞台まで持って行くのだろうか。

ターゲットが小野木ゆんだとすれば、爆弾を客席で爆発させても意味はない。いくらなんでも三千人を一挙に吹き飛ばすような爆弾を、あのスキャナが見逃すはずはない。

夏希はインカムのマイクに向かって喋《しゃべ》った。

「小早川さん、真田です。いまのふたつのメッセージは警察だけに届いているのですか？　それとも《ティアラ・プロモーション》や《サクラテレビ》にも届いていますか」

「いまのところ、両社からは警察には何の連絡もありません。届いていたらすぐに連絡があるはずです」

「ありがとうございます」

しばらく考えた後に、夏希は結論を出せた。

「爆弾はブラフだと思います」

「なぜですか」

織田は目を瞬《しばた》いた。

「織田さんは、あのなんとかスキャナに爆弾が引っかからないと思いますか」

「素人ではまず無理でしょう。ふつうの爆発物なら検知されますよ」

「メッセージを発している贖罪幽鬼は、あのなんとかスキャナの性能を知らないのでしょう」

「そうですね。あのパッシブ・テラヘルツ・ボディスキャナが導入されていることは僕も知らなかった。それに一般の人が見ても、そんなに優秀な機械だとはわからないでしょう」

織田は低くうなった。

「わたしの直感では、爆弾は陽動作戦で警察の注意を逸《そ》らすためのものではないでしょうか」

「陽動作戦……」

「あんなメッセージを受け取ったら、警察は爆弾捜しに躍起になります。警備が爆弾に集中しているところを狙って犯行を実行したいのでしょう。だから、贖罪幽鬼はブラフを警察だけには送ってきたのです」

「なぜ警察だけなのですか」

「もし《サクラテレビ》などに送ったら、リアルタイムで大ニュースになってしまいます。この上空に取材ヘリが飛び交うような事態になるかもしれない。それでは贖罪幽鬼のもくろみは失敗するのです」

「どんなもくろみですか」

「贖罪幽鬼は、もっと静かな状況で、小野木ゆんを襲おうとしているのではないでしょうか」

「やはりターゲットは小野木ゆんですか」

「現時点で脚本家の別所さんが来場していない以上、ゆんさんとしか考えられません」

「なぜ、こんな面倒な方法で小野木ゆんを殺害しようとするのでしょう。蜂須賀至郎や岩城貞行のように暗闇を使って殺せばよいのではないでしょうか」

「問題はそこです。必ず理由があるはずです」

「真田さん、理由を見つけて下さい」

織田と話しているうちに、いままでぼんやりとしていたものが頭の中ではっきりしてきた。

「劇場型犯罪ではないでしょうか」

「いままでいくつも経験してきましたね」

織田は小さくうなった。

「まさにリアル劇場なわけですが、観客は三千人ではありません。今回は《サクラテレビ》と《ニカニカ動画》が入っています。しかもニカ動はリアルタイムに舞台をネット配信しています。贖罪幽鬼は小野木ゆんを殺す場面を全国に広めたいのです」

織田は息を呑んだ。

「とすると犯人の目的は……」

「舞台上で小野木ゆんを殺害する……それが贖罪幽鬼の計画ではないでしょうか。しかも、すごくシンプルな方法で……」

「たとえば？」

「刃物による刺殺」

「ですが、パッシブ・テラヘルツ・ボディスキャナが関知しますよ」

嫌な予感に背中がざわざわと粟立《あわだ》つような錯覚に夏希は襲われていた。

「俳優さんたちが眉《まゆ》を整えたり、顔剃《かおそ》りをしたりするのにフェイス用カミソリを使いますよね」

「そうか！」

織田は小さく叫んだ。

「あれなら必需品ですから持ち込めるでしょう」

「たしかに……」

織田の声は震えた。

「あんなカミソリでも頸動脈《けいどうみゃく》を引き切れば人は殺せます」

「では、犯人は出演者のなかに」

「そんな気がします」

こころのなかで嫌な予感がどんどんつよくなっている。

夏希の鼓動はどんどん速まってきた。

「小川さん、ずっと舞台見てた？」

夏希はインカムで呼びかけた。

「あたりまえだろ。とくに命令出てないんだから」

怒ったような小川の声が聞こえた。

「いままで小野木ゆんさんと誰かが二人きりになるシーンってあったかな？」

犯人は二人きりになるシーンを選びたいだろう。大勢が舞台に出ていれば、失敗する確率は高くなる。

「三回あったね」

「相手役は誰？」

「ぜんぶ西尾光司だよ」

西尾光司が犯人なら、すでに計画を実行しているのではないか。

「そう……わかった。いまの場面ってどこ？」

「海辺の場面だよ」

夏希はシナリオを開いて大慌てで確認をした。

これからの場面で小野木ゆんが誰かと二人きりなるシーンは三回あった。

二回は西尾光司……そして、あと一回は海辺だ。

第一幕の最後の海辺のシーンで、多賀マリンは山川ミリアと友情を誓う……。

「急がなきゃ！」

夏希は腰を浮かし掛けた。

だが、すでに舞台は海辺に変わっていた。

「あたしミリアと会えてよかったよ」

両手を大きく開いたミリアの本多杏奈が、マリンの小野木ゆんに歩み寄ってゆく。

「あたしもよ、マリン」

ゆんも同じように両手を開いて歩み寄る。

次の瞬間。

杏奈はゆんの身体をすり抜けて背後に回った。

「あっ！」

夏希は叫んでいた。

杏奈はゆんの右肩から首に右腕を回して左の首筋にカミソリを突き付けた。

「えっ、な、なに？」

ゆんの不審な声が響いた。

観客がどよめいた。

観客席を見渡す杏奈の両の瞳《ひとみ》は、ぎらぎらと異様な輝きを見せていた。

「警察も警備員も動かないで！」

杏奈は大声で叫んだ。

声優だけあって杏奈の声は、会場全体に響き渡っている。

三千人の観客はあまりの事態に凍りついたように動かない。いや、動けないのだ。

警備についている警官たちも同じように動けずにいた。

警備部の指揮官は部下の警察官たちにステージへ殺到せよとの命令を下せるわけがない。ひとつ間違えばゆんは死ぬ。

「気づくのが遅かった……」

夏希は地団駄を踏む思いだった。

だが、もう間に合わない。

「動いたら、ゆんの生命《いのち》は終わるよ」

凄《すご》みのある声で杏奈は脅し文句を口にした。

いままで見てきた杏奈と同じ人間とは思えなかった。

まるで悪魔に憑依《ひょうい》されたかのようであった。

「ゆん、あんたも動くんじゃないよ」

ゆんは歯を食いしばり、身体を小刻みに震わせている。

首もとに刃物を突きつけられているのだ。言葉が出ないのは当然だ。

「サクラテレビとニカニカ動画のカメラマンさん、しっかり撮ってね。あたしがこれからこいつの悪行を日本中にひろめてやるから。あはははは」

杏奈は声を張り上げて笑った。

夏希が知っている杏奈とは別人としか思えない暗い表情だった。

いまのこのおどろおどろしい光景は全国に配信されているのだ。何万人という人がディスプレイの前で驚きに目を見張っているに違いない。

「こいつは最低女だ。あたしに決まっていた多賀マリンの役を奪った。どうやって奪ったと思う？　プロデューサーの蜂須賀至郎と寝たのさ」

観客席にざわざわとしたかすかな吐息の波がひろがった。

「それで蜂須賀の野郎は、この女にマリン役を振った。あたしは誰にも覚えてもらえない脇役を押しつけられた。そうさ、このメス豚は、小汚い手で、せっかくあたしが摑《つか》んだビッグチャンスを横取りしたんだ」

杏奈は憎々しげにつばを舞台に吐いた。

ゆんはかぶりを振ろうとしたが、首筋のカミソリのために果たせなかった。

「それだけじゃない。この淫乱《いんらん》メス豚は、あたしの男も奪った。岩城貞行のことさ。岩城の馬鹿野郎はね、この尻軽《しりがる》女に手玉にとられて、どんな卑劣なことでもやる最低男に成り下がったんだ」

杏奈の吐き出し続けるどす黒い怒りに、誰もが言葉を失っている。

「あたしは岩城に尽くしてきた。あいつが西尾光司役につけるようにってあちこちに頭さげてまわった。それだけじゃない。金がないってあわれっぽく頼む岩城にギャラをいくら注ぎ込んだかわからない。それなのに、岩城の馬鹿野郎はあたしの一番ほしかった多賀マリン役をゆんが盗む手伝いまでしたんだ」

上杉の見込みは間違っていた。

夏希の考えも間違っていた。

贖罪幽鬼は二人いるわけではなかった。

まだ二十歳に過ぎない前途洋々の女子が犯人だった。

「そうさ、だから岩城も殺してやった。だがね、蜂須賀や岩城と違って、この小野木ゆんは殺すだけじゃ物足りなかった。さらし者にして大笑いしてやりたかったんだ」

杏奈は右腕に力を込めて、ぐんとゆんの首を絞めた。

「うっ……」

ゆんの顔色が真っ青に変わった。

いますぐにも気を失うのではないかと思われるほどだった。

「このメス豚はまだ、十八だよ。そのくせお尻《しり》を振って男におねだりすることだけは人一倍さ。全国のゆんゆんファンの皆さま、どうぞゆんを慰み者にしてやって下さい。あはははははっ」

乾いた笑いが野毛山の空に響いた。

ふたつの事件の犯行動機が、犯人本人によって明らかにされた。

しかも、三千人の観客と数万人の視聴者に対して……。

直前に杏奈が犯人ではないかと気づいた夏希も、ここまでひどい情景は予測だにしていなかった。これは紛れもなく野毛山の地獄絵図だ。

よく見ると、杏奈の手からわずかに力が抜けている。

話し続けているうちに緊張感がゆるんだようである。

夏希はインカムに向かってささやいた。

「小川さん」

「わかってる」

小川は静かにアリシアのリードを外した。

「ゴー！（Gå）」

インカムを通じて小川のスウェーデン語の命令が聞こえた。

アリシアが客席から飛び出していった。

黒い旋風を巻き起こしてアリシアがステージに飛び移る。

「なに？」

杏奈は何が起きたかわからないようだ。

ただ身体を硬直させている。

「うぉん」

アリシアが吠《ほ》えながら杏奈の足首にくらいついた。

「うわわっ」

杏奈はゆんを放り出した。

ゆんはステージの床に叩《たた》きつけられた。

アリシアは左足首にがっぷりと噛《か》みついている。

杏奈がもがいても放そうとはしなかった。

「痛いっ、痛いよっ」

杏奈が上げる悲鳴がステージに響いた。

「ゆんちゃん、逃げてっ」

夏希の叫びに小野木ゆんは起き上がり、脚をもつれさせながらも上手の袖《そで》に消えた。

「確保だ！」

佐竹が立ち上がって大音声に叫んだ。

通路にいた四人の警備部員が両袖の階段から次々に舞台に上がった。

夏希のブロックから、二人の捜査一課員も猟犬そのもののような姿で飛び出していった。

アリシアは素早く杏奈から離れてステージの隅に身を引いた。

杏奈は我に返ったように床からカミソリを拾い上げて身体の前に構えた。

先頭の大柄な隊員が右手の手拳《しゅけん》で杏奈の手首を打った。

目にもとまらぬ早業だった。

「痛いっ」

杏奈はカミソリを放り出して左手で右の手首を押さえた。

一人の警備部員が背後から杏奈を羽交い締めにした。

前面から飛びかかった捜査一課の早川が、杏奈の右手に手錠を掛けた。

冷たい金属音が響いた。

もう一人の捜査一課の山崎が、腕時計を見て叫んだ。

「十九時五十七分、暴行容疑で現行犯逮捕！」

二人の刑事と四人の警備部員に囲まれて杏奈は出口に消えた。

会場は騒然となった。

「なんて女だ」

「ひどい話だ」

「あり得ないし」

怒りを爆発させる男たちがいた。

「あ〜にょん」

「あ〜にょん」

すすり泣く男たちがいた。

止まっていた時間が動き始めたのだ。

いやむしろ、ステージで演じられていたドラマに、ようやく観客席がシンクロした感じだった。

とは言え、茫然《ぼうぜん》と座り尽くしている観客が一番多かった。

静かにアリシアが戻ってきた。

「アリシアよくやったね」

夏希はアリシアの顔や耳のまわりをなで回した。

「くううん」

アリシアは悲しげに鳴いて、夏希の掌をペロリとなめた。

いつものようにアリシアと交歓のときをすごすには、あまりにも悲しいできごとだった。

夏希の胸はやりきれない思いでいっぱいになっていた。

「アリシアが一人の生命を救ったことには違いないんだ……」

佐竹が詠嘆するように言った。

「そうですね……」

小川は気の抜けたような声を出している。

自分のアイドルが地に墜《お》ちたからなのだろう。

夏希は大事なことに気づいて佐竹に向かって言った。

「小野木ゆんさんはまだ未成年なので、心のケアが必要だと思います。県警本部に一緒に連れて帰りたいのですが」

「事情聴取は必要だろう。真田、頼んだよ。パトカーで送らせる。正面入口にまわしておく」

佐竹はすぐに賛意を示してくれた。

そういえば数台のパトカーのサイレンが遠くから聞こえてきた。

観客が完全に退出するのを待って、夏希はゆんを探しに舞台の袖に向かった。

上手の袖の奥でゆんは矢部咲良、高橋朋花の二人のメンバーと一緒にぼんやりとベンチに座っていた。

三人とも、あまりの事態にどうしていいかわからない放心の表情だった。

「ゆんちゃん、一緒に警察に行ってくれる？」

夏希はできるだけ明るい声を出すようにつとめた。

「わたし、なにかしたんですか」

ゆんは不安そうな声で訊《き》いた。

ほかの二人もいっせいに夏希を見た。

「そうじゃないの。ちょっとおしゃべりしたいだけ」

「事情聴取ですね。わかりました。佐野さんに伝えなきゃ」

そう言えば、マネージャーの佐野の姿が見えなかった。

しばらく探しても佐野が見つからなかったので、夏希はゆんを連れて出口へ向かった。

佐竹が手配してくれたパトカーが赤色回転灯をまわして待っている。

「あれに乗ろうね」

出口付近にはマスメディアや野次馬が待ち構えていた。

駆けつけた制服警察官隊との間で押し合いへし合いをしている。

ストロボが次々に焚《た》かれる。

「小野木ゆんさん、本多杏奈が話したことは事実なんですか？」

「いまどんなお気持ちですか？」

無神経な質問が次々に飛んでくる。

ゆんを促して夏希も後部座席に乗った。

パトカーが動けるように警察官隊がクルマを取り囲む人間を排除してくれた。

やがてパトカーはストロボの渦のなか、野毛山音楽堂を後にした。

県警本部に着くと、夏希は刑事部の応接室にゆんを連れて行ってレザーソファに座らせた。

「アイスコーヒーでいいかな？」

ゆんはこくんとうなずいた。

同じフロアの自販機でカップのアイスコーヒーを二つ買ってきてテーブルに置くと、ゆんは一つに手を伸ばした。

対面して座った夏希は、ゆんの顔を見てほほえんだ。

ゆんは頬を引きつらせながらも、懸命にほほえみを返そうと試みた。

夏希は痛ましさで胸がいっぱいになった。

「怖い思いをしたね」

ねぎらいの言葉にゆんは夏希の顔をじっと見た。

「あの真田さん、杏奈はどうなるんですか」

ゆんの第一声は杏奈を心配する言葉だった。

「これから警察でいろいろと調べます。裁判になるでしょう。その先のことはわたしたちにはわからないの」

「死刑になったりしませんか」

真剣な表情でゆんは訊いた。

「たぶんそんなことはないと思うけど……」

夏希はあいまいにしか答えられなかった。

まだ詳しい事情がわからないので何ともいえない。事情がわかったとしても量刑を考えるのは裁判所の仕事であって警察の職務ではない。

だが、今日の舞台のことも相まって、犯行態様は悪質とされる怖れがつよかった。

「杏奈もかわいそうなんです。だって、多賀マリンの役、あんなに欲しがってたのに……」

「ゆんちゃんはマリン役をゲットして嬉《うれ》しくなかったの？」

「それは嬉しかったです。でも、杏奈のことを考えると、少しは気がひけました。だって、あたしは高一のときに街でスカウトされただけのキャリアだけど、杏奈は五歳の頃から子役をやっていて、ようやく《オレンジ☆スカッシュ》で日の目を見たんです……」

少なからず夏希は驚いていた。

目の前のゆんという女性の、杏奈を気遣う言葉の数々にである。

ゆんは杏奈にあれだけのひどいことをされたのだ。

生命を脅かされたことはもちろん、野毛山での数分間は、芸能人としては致命的な時間だっただろう。

「ゆんちゃんはやさしい子なのね」

詠嘆するように夏希は言った。

「わたしやさしくなんてないです」

ゆんは大きくかぶりを振った。

「あなたはいい人よ」

「ウソです。あたし決していい人間なんかじゃありません。でも、杏奈の罪が少しでもかるくなってほしいんです」

「やっぱりやさしい子ね」

「ねぇ、真田さん、信じてほしいんですけど」

ゆんは夏希の目をじっと見つめた。

「杏奈は勘違いしてるんです。あたしと蜂須賀さんはなんでもないし、岩城さんとつきあったのもあたしじゃありません」

ゆんは身体をゆすって必死に訴えている。

夏希はふたたび驚いた。

「いったい誰なの？」

ゆんはうつむいたまま、答えを返さなかった。

「お願い。これはとても大事なことなの」

夏希はゆんの肩にかるく手を掛けて言葉に力を込めた。

「咲良ちゃん……」

ゆんは目を伏せたままでつぶやくように答えた。

「メンバーの矢部咲良ちゃん？」

ゆんは黙ってうなずいた。

それでは、二人の男とゆんを殺すほど憎んだ杏奈の動機は、すべて誤解に基づくものとなる。

「本当なの？」

夏希の声はうわずった。

「もちろん本当です。自分を守るために言ってるんじゃありません。信じてくれる？」

ゆんは顔を上げて夏希の目を真っ直ぐに見つめた。

「信じる。あなたの目は嘘を言っていない」

「よかった……」

ゆんはほっと息を吐いた。

「わたしね、話している人が嘘ついているか、本当のことを話しているかがわかるんだ」

「真田さん、すごい」

ゆんは目を見開いて小さく叫んだ。

これは本当の話だった。精神科医やカウンセラーとしてのキャリアが、夏希に与えてくれた力の一つなのだろう。

「いまさら嘘言って、後で本当のことがわかったら、杏奈だって困ると思うんです」

ゆんは眉根《まゆね》を吊《っ》り上げて言いつのった。

「そうね。真実をもとに裁判は行われなければならないわね」

「でも、なんでそんな勘違いしてたのか。あたしには不思議でならないの」

ゆんは首を傾げた。

「わたしも不思議な気がする」

なにかはっきりとした理由があるはずだ。誰かが杏奈に偽りを吹き込み続けたものなのか。

「杏奈は頑張り屋なんです。高校三年のときに両親を交通事故で亡くしてから、一人で生きてきたんです。歌のレッスンだってヴォイストレーニングだって、演技の勉強だって、メンバーの誰よりも一所懸命でした。彼女、高校時代は洋弓部だったから、あたしたちとは根性が違うんです」

「え……あの子、洋弓部だったの」

夏希の声はかすれた。

「そう、厳しい体育会系だから根性と体力だけは自信があるって」

ゆんはさらりと言った。

洋弓部出身ならクロスボウを扱うことも難しくないだろう。それに今夜の舞台の事件でもわかるとおり、杏奈の精神力のつよさは尋常なものではない。

杏奈なら、夜遅くのあの墓園でもなんとも思わないで出かけていけるだろう。

やはり上杉の読みは間違っていたのか……。

「こんなことになる前に、ちょっとでもあたしに相談してくれたらよかったのに」

ゆんはすすり泣きを始めた。

「本当ね……誰かに相談すべきだった。自分の悩みを吐き出すべきだった」

夏希は悔しかった。

杏奈がよい精神科医に悩みを訴えていたら……。

もし仮に、杏奈が自分の患者だったら、こんなに追い詰められるまで放置することはなかった。よい解決方法を見出《みいだ》せたかもしれない。

「あたしたち、寮で隣の部屋なんですよ。デビュー前とかあたし、不安で眠れなくなると、杏奈の部屋を訪ねたんです。彼女だって不安だったはずなのに、いつもとてもやさしくあたしのつらさを聞いてくれました。杏奈はいつだってやさしかった。あたし、一人っ子だから、杏奈のこと自分のお姉さんみたいだと思ってたの」

いつの間にか、ゆんは顔中を涙で濡《ぬ》らしていた。

夏希はゆんがかわいくなった。

ソファから立ち上がって、背中からやさしく抱きしめた。

ゆんは振り返って夏希の胸に顔をうずめた。

泣きじゃくるゆんはまるで童女のようだった。

このいたいけな少女には、真実の幸せを摑《つか》んで生きていってほしい。

夏希は心の底から願った。

ゆんから聞いた話を佐竹管理官に告げて、夏希は刑事部を後にした。

昼間の照りつけていた太陽の名残の熱気がアスファルトから放射されていた。

それでもこの場所はさわやかな潮風が吹いてきて、夏希はいくらか救われた。

【2】　@二〇二〇年八月六日（木）

木曜日の夏希は疲れ切っていた。

本多杏奈の逮捕によって特捜本部も解散したので、今日は年次休暇をもらって休んだ。

夏希は昨夜から後頭部の鈍痛に襲われていた。

食欲もなかった。

かつて精神科の勤務医をやめたときに似ていた。

都内の病院につとめていたときの夏希は、患者たちの苦しみを抱えて仕事を続けていた。やがて夏希は起きている間ずっとガソリンのような不快な幻嗅《げんきゅう》に悩まされるようになった。

つとめて二年目の秋に夏希と同年輩の働く女性が飛び降り自殺をするに至って、夏希は臨床医を続けることができなくなった。

今回はそのときの初期症状に似ている。

ゆんと杏奈に感情移入をしてしまったせいなのだろう。

プロとしては失格である。

当然のようにマスメディアは今回の事件を派手派手しく報じていたが、夏希は報道から目を背けようとした。

テレビだけでなく、ブルーレイやDVDも視る気にはなれなかった。舞岡の自宅で夏希はいちにちほとんどベッドから起き上がらずに過ごした。

不思議なことに、あれだけの事件があって本多杏奈が逮捕されたのにもかかわらず、上杉からは電話の一本もなかった。

おそらくはまだ何かを追いかけているのだろう。話したいことは山ほどあったが、身体がそれを許してくれなかった。

食欲はなかったが、買ってきたサンドイッチをなんとか食べ終えた。

しばらくしてスマホに着信があった。すでに部屋のなかには斜光が入って来ている刻限だった。

上杉ではなく、加藤だった。

「なぁ、真田。いろいろとおかしなことが出てきたぜ」

「おかしなこと？」

「実はな……」

特捜本部は本多杏奈の逮捕に伴って解散となったが、加藤と石田は継続捜査をしていた。

検察官が起訴・不起訴を判断する上での資料となる追加情報を集める捜査を行っているのだ。

加藤はかなり詳しく調べていた。

現在、本多杏奈は暴行容疑で鎌倉警察署に身柄を拘束されていた。会場に同行した捜査一課の刑事たちが取り調べているが、蜂須賀至郎殺しも岩城貞行殺しも全面的に認めている。動機は舞台で喋《しゃべ》った言葉と同じ内容を繰り返しているという。

しかも、ふたつの事件当時のアリバイもなかった。

第一事件の七月三十一日夜については、大船駅の防犯カメラに映像記録が残っていた。第二事件の八月三日夜については、恵比寿《えびす》でヴォイストレーニングを受けた後の行動が不明だった。

容疑が固まれば、今日明日にも殺人容疑で再逮捕されるはずだ。

「だけどなぁ、杏奈の供述とは矛盾する事実がいくつか見つかったんだよ」

加藤は気難しげな声を出した。

「どんな事実なの？」

夏希はしぜんに身を乗り出して聞いていた。

加藤たちの調べてきた事実は、昨夜の舞台で杏奈が叫び続けていた内容が不自然だとはっきり示していた。

話を聞いているうちに、夏希の心に不安感が黒雲のように湧き上がってきた。

「俺と石田はさらに捜査を続けるが、これはどうも一筋縄ではいかない事件のようだ」

加藤が意味ありげに笑う顔が見えるような気がした。

「佐竹さんに報告したほうがいいんじゃないんですか」

「もう少し調べてからだ。本多杏奈の身柄は押さえてあるから、どこへも逃げられないからな」

「また文書で報告するんですか？」

電話の向こうで加藤はおもしろそうに笑った。

「またなにかわかったら、電話を入れるよ」

加藤は電話を切った。

夏希はもう一度、事件を振り返った。

贖罪幽鬼からの犯行声明や予告は完全に男性目線で書かれている。いくら杏奈が男性を装ったにしても、もっと不自然なところが出てくるに違いない。メッセージは本当に杏奈が書いたものなのだろうか。

さらに第二事件である。上杉と二人で検証したとおり、あの事件は計画的で冷静かつ冷酷な犯行と考えて間違いがない。杏奈は昨夜の舞台での行動でもわかるように、非常に感情的で言ってみれば激情家である。第二事件の犯人のイメージとはかけ離れている。

（やっぱり杏奈一人の手で実行可能な事件とはどうしても思えない……）

杏奈の逮捕で解決してはならない。

一刻も早く杏奈に会わなければならない、夏希は思った。

焦燥感が夏希を襲い始めた。

自分が直接、彼女の話を聴きたかった。

県警本部に電話を掛けて佐竹管理官を呼び出した。

「おう、真田、昨日はお疲れ」

「あの……本多杏奈にちょっと話を聞きたいんですが」

「捜査一課の連中が調べてるよ。今日中に殺人《コロシ》で再逮捕できそうだ。いまさらなんの話を聞きたいって言うんだ」

佐竹は不機嫌な声を出した。

「わたし自身納得のできない内容があるんです」

加藤から聞いた話については伏せておきたかった。

「おいおい、昨夜の逮捕時の状況は、真田もすべて見ていただろ」

「申すまでもありません」

「じゃ、いったいなにが納得できないんだ？」

「動機面などでひっかかるところがあります」

「杏奈は全面自供しているんだぞ。ほかに誰が犯人だって言うんだ」

「教唆犯か幇助《ほうじょ》犯がいる怖れがあるんです」

「共犯者だと？　誰なんだ？」

「誰なのかはまだわかりません。だから、杏奈に直接話を聞きたいんです」

夏希はいくぶんつよい調子で言った。

佐竹管理官はしばし沈黙した後にあきらめたような声を出した。

「仕方ないな。あんまり長い時間だと、うちの連中がつむじ曲げるから手短にやれよ」

「わかりました」

「真田のカウンセリングマインド尋問に期待してるぞ」

「ありがとうございます」

佐竹の許可を得られてほっとした夏希は、まずはシャワーを浴びて、メイクを始めた。

鉛のような身体を引きずって、夏希は横浜市営地下鉄ブルーラインの舞岡駅に向かった。

鎌倉署に着いたのは、午後四時半頃だった。

夏希は署長に許可をとって取調室を使わせてもらうことにした。

取調室まで上がってゆくと、昨日の現場で一緒だった捜査一課の早川と山崎が出迎えてくれた。ふたりとも白いシャツ姿で、昨日のTシャツ姿よりはいくぶん年上に見える。

「お待ちしていましたよ。真田分析官」

早川がにこやかに声を掛けてきた。

「昨日はお疲れさまでした。ご尽力のおかげで、ひと一人の生命が救われました」

山崎も愛想のいい笑みを浮かべている。

佐竹から協力するようにと連絡が入っているためか、あるいは昨日の現場でともに闘ったためなのか、二人はとても好意的だった。

「あれはアリシアの手柄ですよ」

夏希は照れた。もう少し早く杏奈の行動を予測できていたら、あんな悲しい舞台は防げたのだ。

「カウンセリングマインド尋問法という新しい手法だそうですね。わたしも勉強させて頂きたいです」

山崎は興味深げに言った。

いったいなにを佐竹は吹き込んだのだろう。そんな尋問法があるわけはない。

だが、山崎が記録係についてくれることになって、ありがたいのは事実だった。

夏希は技術職員ではなく警部補なので、刑事訴訟法に規定された司法警察職員に該当する。取調をする法律上の権限はある。この場で聴いた内容を記録した供述録取書も、むろん裁判上の証拠となる。

机の向こうに現れた本多杏奈は意外と元気そうだった。

連行時のセーラー服の舞台衣装ではなく、さっぱりとしたTシャツにジャージを穿《は》いている。

留置されている被疑者は洋服は購入できないので、事務所が差し入れてくれたものだろう。

左足首に包帯が巻いてある。アリシアに噛《か》まれたときの傷だ。

手術などのために警察病院で治療を受けていないことを考えても、たいした傷ではないのだろう。大きなダメージを与えなかったところは、さすがはアリシアだ。

「杏奈ちゃん、落ち着いた？」

夏希はなるべく明るい声を出すようにつとめた。

「なんだ、かもめ★百合のおばちゃんか」

そう言いながらも、杏奈の表情にはわずかに明るいものが浮かんだ。

「おばちゃんはひどいな」

「何の用だよ」

「あなたとおしゃべりしたいの」

「昨日からブオトコの刑事たちにいろいろ聞かれてさ。ぜんぶ話したよ」

ふてくされたように杏奈はそっぽを向いた。

早川も山崎もなかなかのイケメンなのだが、杏奈の前では仏頂面なのだろう。

夏希は杏奈の向かいの椅子に腰を掛けて心をこめて言葉を掛けた。

「よかったね」

杏奈は夏希に向きなおった。

「何がよかったんだよ」

「ゆんちゃんは無事だよ」

なんだそんなことかという顔つきを杏奈は見せた。

「大失敗さ。こんなことなら最初からあいつを殺しときゃよかった」

杏奈は大きく顔をしかめた。

「あたし、早く死刑にしてほしいんだよ」

大きな瞳《ひとみ》をさらに大きくして杏奈は声を張り上げた。

「いろいろつらい気持ちはわかるけど、自分をもっと大事にしよう」

「大事にしてるよ。別に。だけどもういいんだ。早く死刑になりたい」

死刑という事実を杏奈は想定できていないに違いない。死刑執行までには長い期間、身柄は刑事施設に拘束されるのがふつうである。さらに執行日は当日まで知らされない。いつ自分の生命が絶たれるかわからない恐怖に耐えなければならないつらさを杏奈は知らないのだ。

「考えているよりつらいよ。死刑執行を待つ日々って」

「知らないよ、そんなの」

杏奈の声はいくぶん小さくなった。

夏希は加藤から聞いた事実を伝える前に、第二事件について質問することにした。杏奈の犯行と断ずるには疑問が残っているからである。

「岩城さんのことだけど、よくスポーツジムの時間まで知ってたね」

「あたりまえじゃん、あたしあいつのジム帰りに湘南台駅のスタバやデニーズで会ってたもん。《オレンジ☆スカッシュ》のデビュー前であたしがまだヒマな頃だけど」

「だから、岩城さんが家に帰る時間も知ってたのね」

「あいつ几帳面《きちようめん》って言うか、ふだんはいつも同じ道で同じ時間に動いてたから」

「声優の仕事って不規則じゃないの？」

「そうだけど、あいつはまだ駆け出しで仕事もそんなになかったから」

「湘南台駅からの帰り道に、岩城さんがあんなさみしいところを通るってことも知ってたのね」

「だって、あいつのバイクに二ケツで乗って、あのあたり走り回ったことも何回かあるんだよ。もう一年以上も前だけど。あいつの家だって知ってるよ」

「だからお墓の木に登って岩城さんがあの場所を通りかかるのを待っていたのね」

「そうさ、許せなかったんだ」

「暮れきってからお墓の木に登ってるのなんて怖いじゃない」

夏希は身体を震わせてみた。

「そんなのなんでもないさ、あたしの恨みからしたら」

「それで、後ろから岩城さんの肩と背中に矢を撃ったのね」

「そうだよ。ピンク色のナンバーの数字であいつのバイクだって確認してから撃ったんだ。あいつのナンバーは一一五五だから覚えやすいんだ」

さらっと杏奈は答えた。

夏希の頭に電流が走った。捜査会議で、佐竹管理官が岩城のバイクは軽自動二輪車と言っていたはずだ。だとすれば、ナンバーは白だ。

北海道の大沼《おおぬま》公園でレストランを営んでいた夏希の祖父は、何台かのオフロードバイクを所有していた。大沼周辺は砂利道が縦横に走っていて、祖父は天気のよい店休日に走り回るのが趣味のひとつだった。祖父のバイクにはナンバーが白いものもピンクのものも黄色いものもあった。

夏希は気づかぬふりをして質問を続けた。

「そうか、岩城さん、小さいバイクに乗っていたのね」

「うん、なんとかっていうオフロードバイクなんだ。乗り心地悪くてお尻《しり》が痛くなるヤツだった」

杏奈は小さく顔をしかめた。

夏希は胸の高鳴りを抑えて質問を続けた。

「ところで高校時代に洋弓部だったんだってね」

「いろんなこと調べてくるんだね。警察ってとこは」

言葉とは裏腹に、杏奈が驚いているようには見えなかった。

「まぁね……たくさんの人が協力しているから。それでクロスボウを使うことを思いついたのね」

「アーチェリーの道具はデカすぎるから、ピストル・クロスボウって小ぶりのクロスボウを使ったよ。大きなザックなら入っちゃうからね」

「今回のために手に入れたの？」

「違う。遊ぼうと思って買った。だってアーチェリーは大げさだけど、ピストル・クロスボウなら逗子の海とかに持って行けば遊べるから」

「どうやって手に入れたの」

「二年くらい前に池袋《いけぶくろ》にある店で買った。一万五千円くらいだったと思う」

　杏奈はよどみなく答えた。

「そのお店の名前わかる？」

「覚えてないけど、行けばわかると思う」

「事件の後はクロスボウはどうしたの？」

「捨てた……あのそばにある野球場近くの池にすぐに捨てちゃった」

　いずれも裏付け捜査が必要となるだろう。池じゅうを捜さなければならない捜査員たちを思うと気の毒になった。

「ところで、警察でいろいろ調べたんだけど、あなたのメッセージの発信元のＩＰアドレスがどうしても辿《たど》れないでいるの。杏奈ちゃんはネット関係に詳しいのね」

「それは……」

　一瞬、言いよどんだ杏奈だったが、すぐに薄ら笑いを浮かべて言葉を継いだ。

「あたしの高校んときの彼がそういうこと詳しかったんだ。なんて言うの。パソコンオタクって言うの？　で、そんな設定をあたしのPCに勝手にやってくれてたんだよ」

「なるほどね。じゃ、その彼がどんなに優秀かは警察で預かっているあなたのPC見ればわかるね」

杏奈は小さく首を振った。

「いままでのことをぜんぶきれいにしたいから、舞台の前の晩にPCは初期化しちゃったんだ。岩城のメールとかムカつくから全部消したよ」

夏希は杏奈の顔をじっと見た。

嘘を言っているかどうかは定かではなかった。

「会場から二本のメッセージを送ったのはあの日持っていたスマホね」

これは確認が取れていた。

「ほかのメッセージはなんでスマホじゃなくてPCから送ったの？」

「だってスマホから送ったらすぐにバレちゃうからね」

杏奈は少しも動じていなかった。

「それにしても、杏奈ちゃん、文章上手《うま》いね。どのメッセージもしっかりした文章だよ」

「そう、ありがと」

たいして嬉《うれ》しそうな顔も見せずに杏奈は答えた。

夏希はバイクのナンバープレートの件を佐竹に報告する必要を感じていた。

「ちょっとお休みしようか」

「ええ、まだ続けるの？　もう疲れたよ」

「一度、佐竹管理官に連絡を取りたいんで、十分間休憩とります」

夏希は山崎巡査部長に告げた。

むくれる杏奈を部屋に残して、夏希は取調室を出て佐竹管理官に電話した。

「佐竹さん、調べてほしいことが出てきました」

「なんだ？」

「第二事件の被害者である岩城貞行が最近、バイクを買い換えてると思うんです。おそらくは原付二種から軽自動二輪車に……その確認をとって下さい」

「わかった、しかし……」

「もし買い換えているのであれば、第二事件は本多杏奈の犯行によるものじゃないことがはっきりします。本多杏奈はピンク色のナンバーのバイクを狙ったと供述しています」

「なんだって！」

佐竹は驚きの声を上げた。

「そうなんです。彼女は岩城と交際していた頃に原付二種のバイクに同乗したことがあるので、ピンク色のナンバーの数字をたしかめて撃ったと言っています。おそらく、岩城がバイクを買い換えた事実を知らないのだと思います」

「すぐに確認する」

この内容照会は陸運局などに連絡すれば、そうは時間が掛かるまい。

十分後、夏希はふたたび杏奈と対峙《たいじ》して椅子に座った。

「わたしね、杏奈ちゃんに知ってほしいことがあるんだ」

「なんだよ。知ってほしいことって」

たいして興味のあるようには見えない杏奈の表情だった。

夏希は気が重かった。

これから話すことは、杏奈にとっては残酷な言葉の連続となるはずだ。だが、彼女が自分の罪と向き合うためには、知っておかなければならない内容ばかりだった。

夏希は瞳《ひとみ》をしっかりと見つめて重要な言葉を口にした。

「あなたはいろいろと勘違いしてる」

「なにを勘違いしてるんだよ」

杏奈のふてくされたような態度は変わらなかった。

「蜂須賀至郎さんは、あなたが多賀マリン役を射止められなかったことには関係ない」

「ウソだ！」

いきなり杏奈は大きな声で叫んだ。

「調べてきた捜査員がいるの。《サクラテレビ》は、杏奈ちゃんに多賀マリン役を決めていたわけじゃない。あくまでも候補の一人だった」

「でも候補から突き落としたのは蜂須賀だろ？」

杏奈は唇を尖《とが》らせた。

「それは違う。そもそも主役の決定権は蜂須賀さんにはなかった。蜂須賀さんが持っていたのは推薦権に過ぎなかった。決定権はもっと上の役員たちにあったの。しかもね、蜂須賀さんはゆんちゃんじゃなく、あなたを推薦してたんだよ」

「ウソだ、あんた、あたしを騙《だま》そうとしているんだ」

杏奈は激しい声であらがった。

「これはサクラテレビのアニメ制作局から聴いてきた捜査員がいるから間違いのないこと。蜂須賀さんは多賀マリン役にあなたを推薦してたの。証拠の書類だってある」

加藤から送ってもらった蜂須賀至郎の推薦状のスキャナ画像をディスプレイに呼び出した。

夏希はスマホを杏奈の前に突き出して見せた。

「ウソだ……」

杏奈はうめき声を上げた。

あきらかにショックを受けている。

全身が震え、顔色が蒼白《そうはく》になっている。

自分が勘違いをしていたことに気づき始めたようである。

「それに蜂須賀さんとゆんちゃんが男女の関係にあったのも事実じゃないよ」

夏希は声に力を込めた。

「そんな……」

杏奈の言葉に力がなくなってきた。

「蜂須賀さんの女性関係を調べていた捜査員がいるんだけどね、あの人、熟女専門だよ」

「なんだって」

「調べたところによればね、ここ十年以上、四十歳未満の女性と交際した経験がないの。女性に片っ端から手を出すって言うのは事実だけど、あの人は自分の娘くらいの女性にはまったく興味がなかったのよ。これも証言が取れてる」

「そんなバカな話……信じられないよ」

杏奈は言葉を詰まらせた。

「それから、岩城貞行さんと交際していたのは、ゆんちゃんじゃないよ。誰とは言えないけれど……」

ここで矢部咲良の名前を出すわけにはいかなかった。

「ウソだよ。そんなのウソだよ」

もはや杏奈は半分泣き声になっていた。

「どうしてあたしを苦しめようとそんなウソばっかり言うのよ」

かわいそうだが、夏希はダメ出しをするしかなかった。

「交際していた本人から聴いた捜査員がいるから間違いないの。わたし自身も別の人から二人が交際していたって話を聞いている」

「じゃ、じゃあ……」

杏奈は言葉を途切れさせた。

「あたしのやったことは。全部間違いだったの？」

視線をテーブルに落としてうめくように杏奈は訊《き》いた。

夏希は言葉を返せなかった。

「あたしは勘違いして人を殺したって言うの？　ゆんを殺そうとしたって言うの？　そんなのひどい。ひどすぎるよ！」

杏奈は髪を振り乱してわめき散らした。

記録係の山崎もキーボードから手を放して、身をこわばらせた。

杏奈の瞳から大粒の涙があふれ出た。

しばらく杏奈はテーブルに突っ伏して泣き続けていた。

顔を上げた杏奈の瞳に激しい怒りの炎が燃えていた。

「佐野の嘘つき。あいつを殺してやりたい」

「佐野ってゆんちゃんのマネージャーの佐野さんのこと？」

夏希は驚いた。あの気弱そうな佐野が、そんな悪辣《あくらつ》なウソを杏奈に吹き込み続けていたとは。

「そうだよ、蜂須賀の話も岩城の話も、みんな佐野があたしに話したんだよ。佐野はゆんのこと憎んでたから、あたしの味方だって言ってたんだ。ゆんはいつも佐野をあごでこき使ってすごく生意気だったらしいんだ」

「らしいって、あなたはそんな場面を見てないんでしょ？」

「佐野が何度もそう言ってたんだ。ゆんはあたしたちの前ではかわい子ぶってるから、そんな生意気な態度とらないって」

ゆんが佐野をこき使っていたという二人の関係も真実ではないように思える。

少なくとも、昨日、夏希が話したゆんはそんな女性には見えなかった。

「あたしは佐野の言葉を信じて……なんてことを……しちゃったんだ……」

杏奈はふたたび机に伏した。

いったいなんのために、佐野はそんな嘘を吐き続けたのか。

殺せと言っていなければ、刑法上は教唆犯にはならないのかもしれないが、佐野のウソは許せなかった。

そのとき早川が入って来て、夏希に耳打ちした。

「佐竹管理官から連絡です。ナンバープレートの件は真田さんの予想通りで、岩城は先々月、バイクを買い換えたそうです」

やはりそうだったのか。

夏希はいくぶんほっとした。少なくとも第二事件の真犯人は杏奈でないことがほぼ確実となった。

「杏奈ちゃん、聞いて」

「なに……？」

杏奈はぼんやりと顔を上げた。

「あなたは岩城さんを殺してない」

夏希は杏奈の瞳を見つめてつよい口調で言い切った。

「え……なんで……」

杏奈はけげんそうな表情で言葉を途切れさせた。

「杏奈ちゃんは誰かの罪をかぶっている。そうでしょ？」

「なんでそんなこと言うの？」

「あなたはピンク色のナンバーを狙えるはずはなかった」

「意味わかんない」

「岩城さんは先々月、バイクを買い換えていたの。ピンク色のナンバーから白いナンバーのちょっと大きいバイクに」

「そ、そんな……」

杏奈は目を見開いて絶句した。

「事件のあった八月三日の夜に乗っていたバイクは、あなたがタンデムしたバイクじゃなかったのよ」

「まさかそんなことって」

「だから、あなたはピンク色のナンバーで岩城さんのバイクを確認することはできなかった。だってナンバーは白だったんだから」

「だけど、そんな……」

杏奈はうなだれた。

「あなた、誰をかばっているの？」

しばらく杏奈は黙ってうつむいていた。

夏希は杏奈が話す気になるまで放っておくことにした。

五分ほどして杏奈はぼそっとつぶやいた。

「かばってるわけじゃない」

「真田さん、あたしの話聞いてくれる？」

杏奈の表情はすっかり変わっていた。すねたような色やふてくされたような雰囲気は消え去っていた。

「なんでも話して」

「あたし、本当は一人しか殺してない」

夏希の目を見据えて、杏奈ははっきりと言った。

直感的に杏奈が嘘を吐いていないことを夏希は感じ取った。

「誰を殺したの？」

「蜂須賀を階段から突き落とした……」

杏奈はつぶやくように言ってふたたび下を向いた。

「じゃ、岩城さんは誰が殺したの」

「それは……」

杏奈は言いよどんだ。

「誰なの？」

ちょっと強い調子で夏希は問いを重ねた。

「贖罪幽鬼」

杏奈はつぶやくように言った。

夏希は叫び声を上げそうになったが、懸命に自分を抑えて静かに訊いた。

やはり贖罪幽鬼は別の人間だったのだ。

「贖罪幽鬼って杏奈ちゃんじゃないの？」

「違うよ。メッセージだって。あたし一通も書いてない」

「じゃあ、誰？」

「あたしの奴隷になりたいって言い続けてたヤツ」

あ～にょんファンの一人なのか……。

「いったい何者なの？」

「たぶん、サクラテレビの関係者」

杏奈は自信なげに答えた。

上杉の言葉と軌を一にする。夏希の胸は高鳴り始めた。

「たぶんって……会ったことないの？」

「ない。メールでやりとりしてただけだから」

「じゃあ、本当の名前も年齢も知らないのね」

「たぶん、男」

「ほかになにか知らない？」

「何も知らない」

これ以上の問いかけは無駄に終わりそうだった。夏希は質問を変えることにした。

「岩城さんをピストル・クロスボウで撃ったって言ってたのはウソだったのね」

杏奈は小さくうなずいた。

「ほんとはピストル・クロスボウなんて触ったこともないし、構え方だってアーチェリーとはぜんぜん違うんだよ。いきなり使えるわけないよ」

「あの日はヴォイストレーニングの後、なにしてたの？」

「なんだかいろいろ怖くなったから、渋谷のミュージックバーで一人で飲んでた」

目撃証言が取れてアリバイが成立するかもしれない。

「なんでそのこといままで黙ってたの？」

問い詰める口調にならないように気をつけて夏希は尋ねた。

「どうせ蜂須賀を殺したんだし、ほんとはあの後、あたしも死ぬつもりだったけど、ゆんを殺そうとしたらワンコに止められたから……」

　夏希はアリシアについて触れるかどうか一瞬悩んだが、話すことにした。

「アリシアって言うの。女の子なんだよ」

「へぇ、そうなんだ」

「すごくお利口さんなの。だから、あなたも大怪我してないでしょ」

　ふっと杏奈が笑ったようにも見えた。

「アリシアに恨みはないよ」

「恨まないで、アリシアのお仕事なの。あなたの生命《いのち》を守りたかったのよ」

「真田さん、アリシアが好きなんだね」

「好きだよ。大好き。いい子だもん。わたしのいちばんの友だち」

「いいなぁ、仲よしの友だちがいて」

　無邪気に言う杏奈を見て、夏希は胸が詰まった。

「それで、岩城さんは贖罪幽鬼が殺したのね？」

「あたしが岩城を殺したいって何度か書いたら、岩城を殺してやるって」

「殺しを請け負うって意味ね」

「そう……」

　杏奈はうつむいて消え入りそうな声で言った。

　肩が大きく震えている。

尋常なようすではない。

「どうしたの？」

「でも、ほんとは殺してほしくなかったんだ……」

杏奈の頬に一筋の涙が流れ落ちた。

「そうなの？」

「だって……憎いけど……まだ、好きだったんだもの……」

かすれた声で杏奈は言った。

「言葉の弾みだったのね」

夏希は胸つぶれる思いだった。

「そうだよ、ついそんなこと言っちゃっただけなんだ」

杏奈はかすれ声でつぶやいた。

「それなのに贖罪幽鬼は岩城さんを殺してしまった？」

問いを重ねる夏希の口調は重かった。

「あたしが殺したのと一緒だ。だから、貞《さだ》ちゃんを殺したのはあたしだって言ったの」

杏奈は暗い声で答えた。

「でもそれは違う。あなたは岩城さんを殺したいって思ってなかったんだから。本当のことを言うべきだった」

「でもね、なんだか、ぜんぶがもういいような気がして」

「どうでもいいような？」

「だって、自分はマリン役に選ばれなかったし、蜂須賀を殺しちゃったし、言葉の弾みで貞ちゃん殺しちゃったし、もう何もかもがどうでもいいような気がして……」

「だから最後の舞台にしようと思ったのね」

「そう……ああすれば、あたしの名前は永遠に残るから」

悪名を残すことに何の意味があるのだろう。だが、杏奈の選択肢はあの大芝居だった。

夏希のこころを空虚なものが占めていた。

「ところで、贖罪幽鬼が佐野さんってことはない？」

「それはないよ。だって、佐野がいる場所で贖罪幽鬼からメール来てたから」

杏奈は大きく首を横に振った。

「時間差でメールを送信するプログラムを使えば、可能だけどね」

「ううん、違う。あたしのレスにすぐレス来たもん。そのとき佐野はスマホいじってなかった」

贖罪幽鬼という人物が実在し、しかも佐野綱也でないとはっきりした。

（許せない）

成人したとは言っても、杏奈は精神的にはかなり未成熟なところが目立つ女性だ。

そんな杏奈のこころを操り、蜂須賀への殺人を実行させ、気持ちの残っている岩城を殺して捨て鉢な気持ちにさせた。

挙げ句の果てに、本来ならば親友になれるはずだった小野木ゆんとの仲を引き裂いたばかりか、そのゆんを殺させようとした。

何が目的なのかは知らない。

だが、こんなことをもくろむ者は、人間ではない。

夏希のこころは怒りに燃え上がっていた。

本物の贖罪幽鬼を、何があっても探し出すことが自分に課せられた責務だ。

夏希は自分の気持ちが、傷ついた杏奈のこころに伝わることを祈って、せいいっぱいの思いで言葉を発した。

「これからもつらいことがいっぱいあるでしょう。でも、忘れないで」

「なにを忘れちゃいけないの？」

「あなたのことを心配している人はたくさんいるよ。あのときだって、あ～にょんって泣いている男の子が何人もいたよ」

「そうだったっけ……」

杏奈はぽかんとした表情で答えた。

逮捕され、連行されたときのことだ。気づかなくてあたりまえだ。

「わたしは嘘は言わないよ。それに……」

夏希は杏奈の瞳《ひとみ》を見つめて両手を握った。

「わかってる」

杏奈は夏希の両手を握り返して言葉を継いだ。

「わかってるよ。真田さんもマジであたしのこと心配してくれているね……ありがと」

気持ちは伝わっていた。

夏希は杏奈の肩を抱きしめたい気持ちを抑えて、取調室を出た。

「真田分析官」

後から山崎が追ってきて呼び止めた。

「驚きました。あんなに頑《かたく》なだった本多杏奈のこころを開くなんて、真田さん、すごいです」

山崎はなかば憧《あこが》れの目で夏希を見た。

「とにかく、第二事件の真犯人である贖罪幽鬼を捜し出さなきゃ」

「事件の性質が百八十度変わってきましたよ」

山崎は興奮して声を震わせた。

「そうね、佐竹管理官に報告して下さる」

「了解しました。供述録取書をメールで送って、電話を入れます」

「そのほうが正確でいいと思う。よろしくお願いします」

夏希は後を山崎と早川に任せて帰宅することにした。

刑事課の廊下で夏希は迷った。いまの件をまず加藤に伝えるべきか、上杉か。

まずは正式に継続捜査に当たっている加藤に連絡したほうがいいだろう。

夏希は小部屋に入って加藤に電話を入れた。

二回のコールで加藤は出た。

「小野木ゆんのマネージャーしてる佐野綱也を任意でいいから引っ張ってきて」

「佐野だって？」

夏希は加藤に、いま、杏奈から聴き取った内容を伝えた。

「あいついい根性してるな。わかった、罪状は後回しだ。首に縄つけても引っ張ってくる」

加藤の息巻く声が耳元で響いた。

「それからね、もう一人の立役者が登場したんです」

夏希は贖罪幽鬼が杏奈ではなく、別に存在することを伝えた。

「そうか……驚きだ。しかし許せんな」

「二人とも許せない」

「そいつら二人を野放しにしてたら、俺たちの恥だ」

加藤はドスのきいた声で電話を切った。

続けて上杉にも連絡しなければならなかった。

夏希は話すことを頭の中で整理して上杉に電話を入れた。

「またまた大変だったな」

気の毒そうに言う上杉の声が返ってきた。

「昨日の舞台のこと、知っているんですね」

「ああ、報道で知っているさ。加藤からも少し聞いている。アリシアがお手柄だったんだな」

「そうなんです。危ないところでアリシアに救われました」

「真田がその場にいないはずはないからな」

「わたしがもう少し早く気づいていれば、あんな騒ぎの前に本多杏奈ちゃんを止められたと思うんです」

「まぁ、小野木ゆんが無傷で済んだんだから成功だよ」

「いま長電話してもいい時間？」

「いまは休憩中だ」

「よかった。上杉さんに知っておいてほしいことがたくさんあるんです」

「ぜひ知りたいね」

夏希は、昨日の野毛山野外音楽堂のことと、小野木ゆんと本多杏奈から引き出した情報をすべて伝えた。

夏希はできるだけ要領よく伝えるように努力した。

「大収穫だぞ。真田」

上杉の声は大きく弾んだ。

「ゆんちゃんは無事でしたから……」

「もちろんそうだが、それだけじゃないぞ。第二事件の犯人が本多杏奈でないことが確実となった」

「贖罪幽鬼はやはり二人いたんですよ」

「そうだ。これでつじつまが合う。俺の捜査も大きく前進できる。それから、佐野ってマネージャーの野郎が一枚嚙《か》んでいることがわかった」

「そうなんです。佐野も許せません」

　夏希の口調はついきつくなった。

「で、加藤は佐野を引っ張れたのか？」

「さっき連絡したばかりですから」

「あ、そうか……でも、その騒ぎのなかで行方がわからなかったってことは、異常な話だろう？」

「その通りです。あんな被害にあったゆんちゃんの側にいて守ってあげるのがマネージャーのつとめですよね」

「だから、そいつ事務所や自宅にはいないさ。どこかに雲隠れしているんだ」

「自分が杏奈に言ったウソが、バレることを恐れているんですか」

「そうかもしれんが、また別のことでブルってるのかもしれんな」

「別のことって？」

　上杉は夏希の問いには答えずに低くうなった。

「実は俺も一人の男を追っかけている。こいつは贖罪幽鬼の有力容疑者だ」

　夏希はちょっと緊張した。

「前に《サクラテレビ》の関係者と言っていた人ですか」

「そうだ。あのときよりも容疑が濃くなった。ところがこいつは昨日の夜から行方不明だ」

「ちょうど佐野も舞台の騒ぎの後、つまり同じ頃から姿が見えませんでした」

「もしかすると、その男、贖罪幽鬼は佐野と一緒にいるのかもしれん」

「つまり二人は共犯っていうことですか」

「その可能性は大きいとみている。真田は佐野がどこに潜伏しているか、心当たりはないか？」

　いきなり夏希の脳裏にちかっと光るものがあった。

「あ……逗子……」

「逗子にあるって言う事務所のマンションか？」

「そう……あそこなら、佐野は自由に利用できるんじゃないかな。鍵《かぎ》を持っているんだと思う」

「真田、いまから行ってみる気はないか」

「いいですけど、上杉さん、いまどこなんです？」

「梶原の現場付近だ。付近の家の聞き込みを続けようと思ってたんだが、真田の直感を信じて逗子を優先させる」

「だって、特捜本部の人たちが地取りはしていたはずじゃないですか」

「それは本多杏奈ついての第一事件当夜のことだろ？　俺は事件発生より前に蜂須賀至郎を訪ねた人間の目撃者を探してるんだ」

「それって……」

「そうさ、贖罪幽鬼だよ。ヤツは蜂須賀に会いに来ていたフシがあるんだ。似たような人物の目撃者がいた」

「本当ですか」

「まだはっきりしたことはわからない。だが、とにかく逗子に行ってみよう。十五分でそっちに着くから待っててくれ」

「わかりました」

電話を切った夏希はコーヒーを買いに休憩室近くの自販機へ向かった。

自販機前のベンチでカップコーヒーを飲みながら、夏希は今回の事件を思い返していた。

杏奈の犯した罪への悲しみ、佐野の悪計への怒り、ゆんの将来への不安……いろいろな思いが交錯していた。

だが、身体の奥底から力が湧きあがってくるような気持ちも感じていた。

そんな自分に気づいて、夏希はがく然とした。

舞岡の家を出たときとは、まったく違う精神状態に変わっている。

（わたし、変わったな）

真実に近づいて来た。真犯人を捜し出せるかもしれない。

そんな予感に、夏希の脳内で急激なドーパミンの分泌が促進されているのだ。

ドーパミンは外界から受けた刺激をニューロンに伝える神経伝達物質で、人間の快楽や多幸感を生み出す大きな要因となり、脳にごほうびを与える物質ともいえる。

さまざまな行動や学習などの動機づけにつながる重要な物質だが、アルコールやタバコなどの薬物をはじめ、ゲーム、インターネット、ギャンブルなどの依存性はこのドーパミンの分泌が過多になっている状態と考えられている。

（捜査依存症……）

背中に鳥肌が立つような気がした。

まさかと思うが、そんな病気になったら、目も当てられない。

刑事とあまり親しくなるなという主旨の上杉の言葉を思い出して、夏希は複雑な思いにとらわれた。

佐竹から電話が入った。

「真田、お手柄だ。第二事件が本多杏奈の犯行でないことは明らかだな。メッセージを送り続け岩城貞行を殺害した贖罪幽鬼は別人と考えて間違いない。しかも、佐野が一枚噛んでいることもわかった。明日《あした》、第二事件の捜査本部を戸塚署に立ち上げる」

「よかったです。この事件はかなり複雑なものだと思います」

「真田も朝イチで参加してくれ。捜査会議は九時からだ。中村には俺から電話を入れておく」

「わかりました。明日は戸塚署に向かいます」

「で、いまはなにしてるんだ？」

「あの……わたし今日、年休取ってるんです」

「そうだったのか。休みの日にまで取調とは、鬼刑事顔負けだな」

「やめてくださいよ。わたしは心理分析官です」

「ははは、帰って美味《うま》いもんでも食うといい。では、また明日」

「はい、お疲れさまでした」

夏希は電話を切った。これから上杉と逗子に向かうとはなぜか口にできなかった。

それより、佐竹にまで鬼刑事扱いされている。

そんなイメージは払拭《ふっしょく》しなければならない。

明日の捜査会議には怒られるくらい思い切りおしゃれをしていこうか……。

予告通り、およそ十五分で上杉が下の駐車場から電話してきた。

（杏奈ちゃんやゆんちゃんを不幸にした男を捜し出したいだけ……）

エレベータを降りる夏希は、自分のドーパミン分泌過多の原因をそう分析していた。

日暮れ時の退勤ラッシュのせいか、海へ向かう若宮大路は、ほとんど動いていなかった。

　夏希は第二事件の捜査本部が、明日、戸塚署で立ち上げられることを上杉に告げた。

「会議に参加しても、俺が追いかけてる贖罪幽鬼については、福島さんや佐竹、小早川には伏せとけ」

「なんでですか？」

「あいつらが組織だって動くと、俺がいまやってる捜査が無駄になりかねない」

「わかりました。でも、加藤さんとは連絡とってるんですよね」

「加藤は話すなって言ったら、上には話さない」

「そうかもしれませんね」

「ああ、あいつはホンモノの刑事だからな」

「加藤さんが聞いたら喜びますよ」

「余計なこと言うな。あ、それから官僚さんにも黙っとけよ」

「織田さんですか」

「そうだ。あいつに話すのがいちばんよくない。あいつは刑事どころか警察官でもないからな」

「じゃ、なんなんですか？」

「だから、あいつは官僚さんだよ」

　自分だって警察庁入庁からしばらくはエリート官僚コースを歩んでいたくせに、上杉は警察官僚を小馬鹿にしたような口ぶりで言った。

「織田さんが聞いたら悲しみますよ」

「悲しませとけ」

「でも、黒田刑事部長だって官僚でしょ」

「あの人は優秀だ。官僚は優秀で有能でなけりゃダメだ」

「まるで、織田さんが優秀じゃないみたい」

夏希の言葉を無視して上杉はまったく関係のない言葉を口にした。

「さぁ、一三四号に出たぞ。夕方の夏の海は悪くないな」

上杉の横顔越しに紅《あか》く染まる鎌倉の海がひろがっていた。

第五章　演出者の末路

【1】＠二〇二〇年八月六日（木）

鎌倉署から逗子ハーバー・リゾートはごく近距離にある。

滑川《なめりがわ》の交差点で国道一三四号に出てからはスムースで、十五分と掛からずにパームツリーの並木道が見えてきた。

並木道にランクルを乗り入れた上杉は、いったんクルマを停めてスマホを覗《のぞ》き込んだ。

「《ティアラ・プロモーション》が保養施設として借りている部屋はどこなんだ？」

「敷地全体のいちばん南側です。Ｆ棟の最上階の九階にあります。部屋は九〇九号室です」

「Ｆ棟だな……ああ、マリーナの横か」

上杉はふたたびクルマを始動させ、Ｆ棟前の道路に停めた。

道路に降りた上杉は、薄手のマウンテンパーカーを羽織った。

「暑くないんですか」

「仕方がないんだ。こいつがあるからな」

上杉は脇腹の下あたりのベルトを指さした。

いつの間にかホルスターが取り付けてある。

「それって……拳銃《けんじゅう》ですか」

訊《き》くまでもなかった。上杉は黙ってあごを引いた。

いつぞや上杉は「俺が担当する事件《ヤマ》は、なぜか最後には銃を抜くはめになる」と言っていた。

それどころではない。夏希の目の前でも銃撃戦が繰り広げられた。

夏希の全身はこわばった。

「安心しろ。抜くつもりはない。念のためだ」

上杉は気楽な調子で言った。

「念のためですよね」

「そうだよ。さ、行くぞ」

「はい」

夏希の声はかすれた。

佐野一人ならともかく、目的の部屋には贖罪幽鬼がいるかもしれないのだ。

どんな人物かわからないが、第二事件の犯人だとすれば凶悪な男の怖れはつよい。

逗子の海は薄紫色の帳《とばり》に包まれ始めていた。

建ち並ぶマンション棟や、ショップ、レストランに灯《あか》りが点《とも》って、昼間とはまた違うゴージャスなムードが漂っている。

「ここのレストランなんか、織田とのデートによさそうじゃないか」

遠くの灯りを横目で見て、上杉は何気ない風に言った。

「上杉さんとのデートにもいいかもしれませんよ」

夏希はドキッとして妙な答えを返してしまった。

「真田、前誘ったのに断ったじゃないか」

「いきなり旅行に行こうなんて言うからです。デートまでは断ってないですよ」

「そうだったっけな」

上杉はとぼけた笑いを浮かべた。

夏希の緊張感をほぐそうとしているのが伝わって嬉《うれ》しかった。

二人はＦ棟の入口から建物内に足を踏み入れた。

観葉植物でいっぱいのロビーには、アロマが焚《た》かれていた。

イランイラン＋パチュリの香りのように思われた。

色気があって半面、格調高い独特の香気がロビーを包んでいた。

エレベータで九階に上がる。

夏希の鼓動はどんどん速くなっていった。

九階の廊下には今日も人気《ひとけ》がなかった。

「九〇九号室だったな」

「いちばん奥の部屋です」

廊下いちばん奥の部屋で二人は立ち止まった。

濃緑色のドアの前で、上杉は耳を澄ませるような仕草を見せた。

室内からかすかなうなり音が聞こえてくる。エアコンが作動しているようだ。

上杉は黙って電力量計を指さした。

最近見かけるスマートメーターではなく、従来のアナログ式のものだった。

メーターの中で銀色の円盤が忙《せわ》しく廻《まわ》っている。

上杉はインターフォンのボタンを押した。

室内からチャイム音が聞こえた。

「佐野さん、警察の者です。ちょっとお話があるんですが」

室内から反応は返ってこなかった。

「ここを開けてもらえませんかね。佐野さん」

上杉は繰り返し呼びかけた。

「佐野さん、このままだとまずいことになりますよ」

やわらかい脅しの文句も口にした。

いつまでも反応はない。

上杉はアルミドアを拳《こぶし》で叩《たた》き始めた。

「開けて下さい、佐野さん」

とつぜん、ドアが十センチほど開けられた。

ガス管のような細い筒が隙間から顔を覗かせた。

「あっ」

夏希は思わず叫んだ。

次の瞬間、プシュッという空気が勢いよく吐き出されるような音が響いた。

バンッという音が反対側の壁から響いた。

すぐにドアは激しい音を立てて閉じられた。

身体がすくんで夏希は金縛り状態になった。

「真田、逃げろっ」

上杉の声に我に返った夏希は脚をもつれさせながら、廊下の反対側へ走った。

廊下の隅で夏希たちは壁に身体を付けて、防禦《ぼうぎょ》の姿勢をとった。

「くそっ、道具を持っていやがった」

上杉は歯《は》嚙《が》みした。

この場合、道具とは拳銃類を指す警察用語だ。

「消音器《サイレンサー》付きの小型拳銃だろう。俺のと同じ三十八口径くらいかな」

「どうするんですか？」

「まさか、こんな場所で銃撃戦をおっぱじめるわけにはいかないだろう……」

たしかに近隣住民のことを考えれば危険に過ぎる。

「応援を呼んだほうがいいですよ」

「そうだな……」

上杉はスマホを取り出した。

「ああ、俺、失策《しくじ》っちまってさ。そうなんだ。さっき電話した件だよ。敵は道具持っていてね。おそらく、人質をとってる。うん、頼むよ。場所はF棟の九階だ。待ってるからね」

上杉は電話を切った。

「所轄署じゃないんですか」

「本部だ。サイレン鳴らしてきても三十分は掛かるな。ここで部屋を見張る」

「わかりました」

「真田は下へ降りて待つか？」

泣きたいほどうなずきたいところだったが、夏希のこころの何かがうんと言わせなかった。

「いえ、ここにいます」

三十分もここから動けないのか。

またドアが開いて発砲されたら……。

夏希は肩のあたりに重いものが載っているような錯覚に陥った。

「まわりの家の住民を避難させたいが、二人で下手に動くと、またヤツが撃ってくるかもしれない。応援が来るまではひたすら待機だ」

上杉は静かに言った。

長い長い三十分だった。

夏希の聴覚と視覚は異様に緊張し、全身がガチガチに凝ってしまった。

エレベータのドアが開いて、ヘルメットに濃紺のアサルトスーツを着込んだ一団が飛び出してきた。サブマシンガンで武装しているＳＩＳ（刑事部特殊犯捜査係）の隊員たちだ。

夏希はへなへなと全身の力が抜けてゆくのを感じた。

四人の隊員たちは、ぱっと整列し、上杉と夏希に挙手の礼を送った。

「上杉室長、ここはわたしたちに任せてください。いったん下へ降りてほしいと隊長が申しております」

一人の隊員がこの場を去るように促した。

「そうだな。いったん降りよう」

上杉は意外にも素直に指示に従った。

ロビーから外へ出ると、道路の向かい側の駐車場に見覚えのある二台の警察車両が停まっている。

ルーフ上にアルミの大きなラックと数本のアンテナを備えているマイクロバスは、白いスモークを窓に張り巡らせてある。各種の通信機器やＰＣを備えている指揮車であった。

もう一台は紺色に塗色された中型パネルトラックだった。こちらは突入・制圧部隊の梯子《はしご》や照明器具、ファイバースコープなどさまざまな資材の運搬用車両である。

前の事件でお世話になったＳＩＳの特殊車両だ。

まわりにはヘルメットとアサルトスーツを身につけたＳＩＳ隊員が四人立っている。皆、そろって背が高く筋肉質で体格がいい。

ひときわ目立つ背の高い女性の姿を見て、夏希は駆け寄っていった。

「冴美《さえみ》さん！」

夏希は引き締まった肢体が美しい女性捜査官に声を掛けた。

刑事部特殊犯捜査四係主任の島津《しまづ》冴美警部補だった。

「あ、真田分析官、ご苦労さまです」

冴美は一瞬、親しげな笑みを浮かべたが、生まじめに挙手の礼を送ってきた。

夏希は無帽だったし、挙手の礼は苦手なので頭を下げて答礼した。

「冴美さんに会えてすごく嬉しい」

「こんな場でしかお目に掛かれないのはちょっと淋《さび》しいですけどね」

冴美は静かに言った。

ピューマとかジャガーとかチーターとか、そんなネコ科の猛獣を連想する凛々《りり》しい美しさを冴美は持っている。控えめなメイクだが、くっきりとした目鼻立ちはどこにいても目立つ容貌だろう。

ゆんや杏奈といった半分子どものような少女たちと接する時間が多かっただけに、無骨なアサルトスーツが押し隠している、匂い立つような冴美の色気を夏希は感じた。

「俺が失策《しくじ》ったんで、冴美ちゃんに助けに来てもらったってわけだ」

上杉の言葉に夏希はふたつ驚いた。

ひとつは上杉がそんな謙虚な言葉を口にすること、もうひとつはこともあろうに島津警部補を冴美ちゃんなどと呼ぶことである。

女性のファーストネームをことわりなく呼ぶのは立派なセクハラであるが、冴美は嫌な顔を見せていなかった。

「まさかあいつが道具を持ってるとは思わなかったんだよ」

ちょっと甘えたような上杉の口調にまたも夏希は驚いた。

「上杉さんが、わたしをご指名してくれてよかった」

冴美もわずかに笑みを浮かべている。

「ああ、ＳＩＳはまさに専門家だからな。早期解決して、ここのレストランで真田と海の幸三昧《ざんまい》しようと思ってさ」

上杉はヘラヘラと笑った。

「《リストランテ・ジラソーレ》のラストオーダーは八時ですよ。新鮮なウニのクリームスパゲッティーニは固ゆでになっちゃいそうですね」

冴美も、上杉相手だとこんな冗談を言うのか。夏希はまたも驚いた。

マイクロバスから出てきたキャップ姿の隊員が報告した。

「九〇九号室の換気口からファイバースコープの挿入に成功しました。室内には拳銃《けんじゅう》を持った男と、手足を縛られて床に寝かされている男の二名がいる模様です」

「贖罪幽鬼が佐野綱也を人質にとって立てこもったわけか」

上杉はうなった。

「佐野マネージャーは無事なんですか」

夏希は気負い込んで訊《き》いた。

「ファイバースコープで監視していますが、身体の動きが確認できるので生存しています」

隊員は歯切れよく答えた。

とりあえずほっとした。

「俺がヤツの携帯に直接電話してみるよ」

「到着後、すぐにマイクロの電話からの固定電話へ呼びかけていますが、完全に無視されています。上杉さん、お願いします」

上杉はスマホを耳に当ててかなり長い間、コールを繰り返していた。

どうやらつながったらしい。

「おい、そろそろ観念したら、どうなんだ？　おまえたちは完全包囲されているぞってヤツだ。立てこもってても腹が減るだけだろ。人質を解放しておとなしく手錠を受けろ」

しばらく無言の間があった。

「返事くらいしたらどうなんだ。この勝負はおまえの負けなんだ。こうなったら人質殺しても何の得もないぞ。あきらめろ」

上杉は力を込めて呼びかけたが、すぐに電話を耳から離した。

「仕方のないヤツだ。電話には出たが、返事はしないで切った」

「そうですか……やはり交渉に応ずる気はないのかもしれませんね」

冴美は顔色を曇らせた。

一時間ほどの時間が経過した。すでに九階の居住者は避難を完了している。見張員二名を除いた隊員はマイクロバスのまわりに集合していた。

「島津、突入しかないだろう」

「黒田部長からは突入許可をもらっています。わたしが判断してよいそうです」

「突入だ。いくらこうしていても埒《らち》があかない」

「わかりました。推定に過ぎませんが、人質は昨夜から監禁されているものと思量されます。すでに二十時間程度が経過しています。生存率はどんどん低下します。マル害が四十二歳と比較的若く、持病がないことを勘案しても健康状態が大変心配です。マル被が一名で小型拳銃一丁の武装しか持たないことも考えあわせると、突入はやむなしと判断できます」

思い切ったような調子で冴美は言った。

「俺と真田も部屋の前に行ってもいいか」

上杉はいつもこうして人の意表を突く。

また、マイクロバスでモニターを見ていればいいのだと思っていた。

「殺しても死なない上杉さんはともかく、夏希さんは危険です」

冴美は首をはっきり横に振った。

「大丈夫だよ。敵は拳銃一丁しか持っていないんだ。それに廊下側は進入路とは反対だ。離れたところから眺めてるだけだよ」

「ですが……」

冴美は戸惑いを隠さなかった。

「真田、流れ弾に当たって二階級特進でもいいよな。警視になれるぞ」

「じ、冗談はやめてください」

夏希は顔の前で手を振って断った。

「ほら、素人さんを突入現場に出せませんよ」

冴美は気楽な口調で言ったが、夏希はカチンときた。技倆《ぎりょう》と経験に自信があるせいか、冴美は時々こういう物言いをする。

「後学のためです。わたしも行きます」

「よし、決まりだ」

上杉はパチンと指を鳴らした。

「仕方がないですね。では、防弾ベストを着用して下さい」

冴美が命ずると、一人の隊員がマイクロバスからベストを持って来てくれた。たしか杉原《すぎはら》という巡査だった。

「上着をお預かりします」

几帳面《きちょうめん》に言う杉原に夏希はネイビーのサマーブレザーを渡した。

ほかの隊員が防弾ベストを着せてくれた。

黒い樹脂が覆っていてゴワゴワする。

「うわっ、なにこれっ。重いし暑いです」

夏希が悲鳴をあげると、冴美は笑いをかみ殺した。

「島津たちはいつもこれを着てるんだぞ」

そう言われると、一言もなかった。夏希はガマンすることにした。

どうも上杉といると、おしゃれとはほど遠い場面にばかり出くわす。

「真田分析官、お久しぶりです」

挙手の礼をして声を掛けてくれたのは、前回の事件で爆弾の破片で腹部に裂傷を受けた青木《あおき》巡査部長だった。夏希より若いと思われるが、この隊の副隊長をつとめている。

「青木さん、こんばんは。もう傷はいいんですか」

「はい、ずいぶん前に原隊復帰しました」

「よかった。おめでとう」

青木はにこやかに笑って、隊員用の無線ヘッドセットを手渡してくれた。

「ありがとうございます。ヘッドセットもどうぞ」

ほかの隊員たちも好意的な笑顔で夏希を迎えてくれている。

「青木、集合させて」

冴美の指示に従って、青木副隊長が声を張り上げた。

「集合！」

八名の隊員が半円形に整列した。

青木を含む六名はサブマシンガンで武装している。

最初に見たときには、現実の光景と思えず映画か何かのように感じた。だが、今日は同じ神奈川県警の仲間だと感じていた。人の意識は本当にあてにならないと夏希は苦笑した。

「人質の安全確保を最優先にするために突入の判断を下しました」

冴美の言葉に、隊員一同に緊張が走った。

「それでは、作戦概要と配置を説明します」

隊員たちは真剣な目で冴美を見つめている。

「今回の作戦では二つの突入班を編成します。青木副隊長率いるA班四名は対象建物屋上から懸垂降下して窓を破って室内に突入。音響閃光《せんこう》弾を使用してマル被の攻撃能力を奪ってマル害を解放すること。銃火器の使用はできるだけ避けてください。マル害の安全を確保するまでは認めません。それでもマル被からの発砲があった場合のみ応射を許可します」

冴美の声がりんりんと響いた。

「B班は小出《こいで》巡査部長と杉原巡査の二名。万が一、A班がマル被確保に失敗した場合、対象の部屋玄関で待ち受けてマル被を確保することがB班の任務です。玄関の鍵《かぎ》は管理会社から借り受けてあります。入口が狭く危険なので、B班はマル害の保護まではドアを開けずに玄関外で待機すること。指揮車で待機要員の二人は継続して室内のようすを監視します。わたしはマイクロバス内から無線を用いて指揮をとります。今回の作戦も第一義の目的はマル害の解放です。マル被確保は第二義的な目的となることを忘れないで下さい」

「はいっ」

六人は声を揃えた。

マル被は被疑者、マル害は被害者をあらわす刑事用語である。こういう場合には端的に説明しやすくて便利だ。

「それでは、建物内に入り、それぞれの配置についてください」

「了解っ」

六名はまるでひとつの機械のように整然と行進して建物内に消えた。

見とれていた夏希に上杉が十メートルほど先から叫んだ。

「おい、真田、行くぞ」

「あ、はいっ」

夏希はあわてて上杉の後を追った。

すでに冴美はマイクロバス内に消えていた。

ロビーに入ると、江の島署の二人の制服警察官がエレベータへ入る人間を止めていた。

ジョギング帰りと思《おぼ》しき男性や若い夫婦などが、ソファに座って好奇の目で夏希を見ている。

白紺ボーダーのカットソーにホワイトデニム、アウターは防弾ベストのコーデ。

たしかに不格好だし、何者かと思われるだろう。

それにしても、さっきこのロビーに入ったときとは大きく印象が違う。やはり一種のキナ臭さが漂っているのだ。

エレベータで九階まで上がると、すでに二人の隊員たちは九〇九号室の玄関付近で配置についていた。二人が入口側壁面の左右に背中をつけてサブマシンガンを構えている。

　上杉は夏希を九〇九号室からいちばん離れた廊下の隅に連れて行き、自分も隊員たちと同じように壁面に背中をぴたりとつけた。

　夏希もこれに倣った。

「俺たちはここから見物だ」

　上杉は緊迫した雰囲気に似合わぬのんきな口調で言った。

「なんでわたしを連れて来たんですか」

「自分でも言ってただろ。後学のためさ」

「それだけですか」

「それだけだ。彼らは俺たちと同じ刑事部の仲間なんだ。仕事ぶりを知っておいたほうがいい」

「でもどうして今日なんですか？」

「うるさい奴らがいないこんなチャンス滅多にないからな。佐竹なんかがいたら、絶対に真田をこんなところに出さないよ」

　なるほどそのために夏希をわざわざここに連れ出したのか。しかもマル被は因縁浅からぬ贖罪幽鬼なのだ。

　どんな人間なのかを知りたい。

「ありがとうございます」

夏希は頭を下げた。

「そんなことよりヘッドセット掛けろよ」

「了解です」

ヘッドセットを掛けて送受信機をベルトに固定すると、上杉がスイッチを入れてくれた。

「A班懸垂降下準備完了」

青木副隊長の声が響いた。

「B班解錠に成功、待機中」

続けて小出巡査部長の声も聞こえる。

「室内に異常はなし。マル害は依然としてソファ横のカーペットに縛られて寝かされている。マル被はソファに座ってドリンク類を飲んでいる模様」

マイクロバスの監視要員の声も聞こえてきた。

「A班、B班とも準備完了ね？」

冴美は念を押した。

「A班完了」

「B班完了」

夏希は自分の喉《のど》が鳴るのを覚えた。

「よしっ、突入！」

　冴美の声が力強く響いた。

　数秒の沈黙の後、ガチャンというガラスの破裂音が響いた。

　マル被の拳銃《けんじゅう》なのか拳銃の発射音が二発響いた。

　続けて音響閃光弾の破裂するぱぁーんという音が響き渡った。

　夏希の背中はガチガチにこわばっていた。

「Ａ班、マル害を無事保護」

　青木の声が聞こえた。

「Ｂ班ドアを開けます」

　小出の声とともに、Ｂ班の二人がドアを開けてサブマシンガンを室内に向けて構えた。

「Ａ班、マル被を確保」

「やったな」

　上杉が声を上げた。

　サブマシンガンと思しき発射音は聞こえなかった。

　青木の声がヘッドセットから響いた。

「マル害は衰弱が激しいので救急搬送が必要と思量します」

「了解、いま救急隊を向かわせる」

　冴美の頼もしい声が返ってきた。

「受傷者ゼロ、誰も怪我はありません」

青木は続けて誇らしげに言った。

「みんなよくやった。お疲れさま」

冴美の明るい声が返ってきた。

しばらくすると、後ろ手に手錠を掛けられた一人の男が背中にサブマシンガンを突き付けられて玄関から押し出されてきた。

(こいつが悪魔だったのか……)

マル被の顔を見て夏希は息を呑《の》んだ。

「あなたが贖罪幽鬼だったの……」

それは先週の土曜日に野毛山野外音楽堂で出会った新庄だった。

上杉の元部下だと言うことだったはずだ。


——俺はこの仮説が間違っていてくれることを願っているんだ。


そう言っていた上杉の気持ちが痛いほどわかった。

髪も乱れて持ち前の端整な顔が青黒く沈んでいる。

夏希の声には少しも関心を示さず、新庄はうつろな目で上杉を見た。

「新庄、無駄な抵抗だと言っただろ」

上杉は静かな声で言葉を掛けた。

「さぞかしいい気分でしょうね、上杉さん。俺みたいな落ちこぼれをＳＩＳに捕まえさせて」

新庄は歯を剥《む》き出して毒づいた。

「おまえは馬鹿だ」

上杉の顔は淋《さび》しげだった。

「ああ、馬鹿ですよ、あんたに捕まるくらいだからね」

新庄は唇を歪《ゆが》めて暗い顔で笑った。

土曜日に会ったときに、一瞬だが新庄に好感を持った自分に、夏希は情けなさを感ずるよりほかなかった。

青木副隊長たちも次々に玄関から出てきた。

一人の隊員は九階で佐野のそばに付き添っているようだ。

隊員たちは皆、輝くような笑顔を浮かべている。

警察の仕事のとても素敵な側面が、肌で実感できる一瞬だった。

彼らの誇らしげな表情を見て、夏希はこの現場に居合わせたことに感謝した。

そのときエレベータが開いて、あたふたと二人の男が吐き出されてきた。

「ひどいな、上杉さん。自分ばっかり美味《おい》しいとこ持ってっちゃって」

加藤だった。後ろに石田を従えている。

「なに言ってるんだ。これは江の島署管内の事件だろ。加藤が引き取れよ」

上杉は加藤の肩をぽんと叩《たた》いた。

「うちは監禁罪だけですか？　ずいぶん情報流したでしょ」

加藤は不服そうに唇を尖《とが》らせた。

「罪状は佐竹と取り合えよ。こいつの身柄は任せた」

「いいんですか」

「黒田部長と島津にはオーケーもらってるよ」

上杉がそういう気の遣い方をする男とは思ってもいなかった。

「皆さん、悪いねぇ」

加藤はＳＩＳの隊員たちに頭を下げた。

「いいんですよ。どうせ俺たちが取り調べるわけじゃないっすから」

小出巡査部長が明るく笑った。

「新庄直仲《なおのぶ》、監禁罪の現行犯で逮捕する」

加藤が背を反らして宣告した。

「午後七時五十一分です、加藤さん」

小出がいたずらっぽく叫んだ。

「さぁ、江の島のシーキャンドルを拝ませてやるぞ」

石田が新庄の腕を摑《つか》んで引っ張った。

「あ、これ渡しときます」

小出が加藤に一本の鍵《かぎ》を渡した。新庄を縛《いまし》めている手錠の鍵だろう。

加藤と石田は新庄をエレベータに押し込めるようにして乗せた。

新庄は心ここにあらずと言った雰囲気で、もう毒は吐かずに連行されていった。

「お先に失礼するよ」

上杉は隊員たちにあっさりと声を掛けた。

「お疲れさまでした」

隊員たちは声をそろえて頭を下げた。

エレベータが開いて二人の救急隊員がストレッチャーを運んできた。

「ご苦労さまです」

救急隊員たちは驚いたような顔で夏希を見て次々に頭を下げると、九〇九号室へと走って行った。

入れ替わりに夏希たち二人は下りエレベータに乗った。

「ありがとうございました」

「なにがだ？」

「九階の現場に連れて来て下さって」

「いつかは真田が彼らの上司になる日が来るかもしれないんだ。ＳＩＳの仕事を見ておいて損はない」

「む、無理ですよ」

「まぁ、島津みたいな班長を務めるのは無理だな」

上杉は喉の奥で笑った。

夏希たちは建物の外へ出た。

風向きのせいなのか、潮風がつよく香った。

ストレッチャーが下りてきた。

佐野はぐったりとして目を閉じていた。

いま、言葉を聞くことはできなかった。

だが、SISの活躍で佐野は怪我ひとつせずに救出されたのだ。

マイクロバスの前で冴美がブレザーを手に待っていた。

「はい、やっぱりおしゃれな夏希さんにはこっちのほうが似合うね」

「でも、わたし、誇りを持ってこのベストを着ている皆さんがとても美しく見えました」

夏希は防弾ベストを返して、冴美が渡してくれたサマーブレザーを羽織った。

「わたしは県警に入って十九年だけど、夏希さんはわたしみたいないびつな女にならないでね」

冴美はちょっと照れたような笑顔を浮かべた。

仕事一筋になるなということか、あるいは、変人と呼ばれるようになるなということなのか、夏希は冴美という女性をまだよく知らない。

「あの……わたし、県警に入る前からじゅうぶんにいびつなんですけれど」

「やだ、夏希さんったら」

二人は声を立てて笑った。

「冴美さん、ＳＩＳのお仕事の素晴らしい瞬間を見せて頂き嬉《うれ》しかったです」

「今日はいい仕事ができたから」

さすがに冴美は嬉しそうだった。

「いや、今日は本当に助かったよ」

上杉はかるく頭を下げた。

「突っ走って窮地に陥った仲間を助けるのはよくあることですから」

「そう。俺はこれで三度目だ」

「あら、誰かさんの名誉のためにせっかく伏せたのに」

冴美が軽口を叩いた。

「今度は冴美ちゃんを葉山《はやま》の《ラ・マーレ》のバーに誘うよ。あそこは海に突き出しているから、夕陽がすごくきれいだし、テラスに出れば星もきれいだ」

冗談なのか、上杉の口調は判然としなかった。

夏希はどきんとした。いつぞや織田とデートしたレストランだ。

しかし、まさか上杉がこんな言葉を女性に言うとは信じられなかった。

「飲酒運転禁止！」

冴美は笑い転げた。

「なに言ってんだ。そんときはタクシーで迎えに行くよ」

「待ってますよ。三年くらいは」

冴美はちょっとしんみりとした調子で言った。

「帰るぞ、真田」

「はい、帰りましょう」

夏希は助手席に乗り込んだ。

やがて全隊員が下りてきて、夏希たちのランクルを見送ってくれた。

逗子はいくつもの想い出が重なってゆく土地となった。

【2】

帰り道はどこも順調に流れていた。

逗子ハイランドを抜けたあたりで夏希は耐えきれずに訊《き》いた。

「もう話してくれますよね」

「今回の事件の真相か？」

「そうですよ、いまの現場でもずっとガマンしてたんですから」

「ちょっと込み入った話なんだ」

「舞岡まで送って頂けるんで、時間はたっぷりありますよ」

「真田は聞きたくない話もあるかもしれない」

珍しく上杉は言いよどんだ。

「いえ、わたしはすべての真相を知りたいです」

「何から話してゆけばいいかな……そうだ。まず新庄について話そう」

「警察官ではなかったんですね」

「五年以上前にやめたんだ。あいつは俺が警視庁の警備部にいた頃の部下だ。ノンキャリアで機動隊員上がりだが、大変に優秀な男だった。だが、人と調子を合わせるのが苦手でおべっかが使えない。それでなかなか警部補には昇進できなかった。それであいつは警察を辞めて、宍戸《ししど》景行《かげゆき》という人物の運転手兼ボディーガードになった」

「何者ですか？」

「サクラテレビのドンさ。代表権のある会長だ。この仕事はヤツに合っていたらしくそれなりに信頼もされていたようだ。ところが、去年から息子の担当にさせられた」

「息子って？」

「宍戸景大《かげひろ》……神奈川二区選出二期目の若手衆議院議員さ。歳はまだ三十八だが、与党民和《みんわ》党の副幹事長をつとめている。新庄はこの若手議員の私設秘書にさせられた。やはり実質的には運転手兼ボディーガードだった。ところが、この議員が去年、問題を起こした」

「どんな問題ですか」

「未成年の、しかも十七歳の女子を酔わせて……そのなんだな、怪《け》しからんことをしたんだ」

「最低っ」

夏希は背中に毛虫が這《は》っているような悪寒を覚えた。

「本人も酔っていたらしいが、そんなことは理由にはならない」

「あたりまえですよ」

夏希は腹立ち紛れに叫んだ。

「イケメンの宍戸景大はさわやかなキャラクターで有権者に人気が高く、将来は首相候補と考える選挙区民もいるほどだ。だが、もしこの醜聞が世間に出たらどうなる？」

「かなりまずいですね。青少年保護育成条例に触れることは間違いないですし、準強制性交等罪が成立する可能性もあります」

「不倫ならなんとでもなる。あれは犯罪じゃないからな。だが、未成年者に手を出したらおしまいさ。国際的にもかなり重大な犯罪行為だ。宍戸はもみ消してもらえるほどに党内の地位は高くない。少なくとも政治家としての将来は消える」

「消えればいいんですよ。そんな最低男」

本当にそんな政治家はこの世に一人として必要ない。

「ところが、これはハニートラップだったんだ」

同情できるはずもなかった。

「ハニートラップだとしても行為の不当性は少しも変わりませんよ。被害者女性の心理的なダメージを考えると胸が苦しくなります」

「たしかに真田の言う通り許される行為じゃないんだが、今回の事件はここが出発点なんだ」

「どういうことですか」

「仕掛けたのはサクラテレビプロデューサーの蜂須賀至郎だよ」

「そうだったんですか！」

思わず大きな声が出た。

「ヤツは自分が強い影響力を持っている少女をなかば騙《だま》すかたちで都内のあるホテルに連れて行って豪華な食事をご馳走《ちそう》した。酒も少し飲ませてから、ホテルのバーで宍戸景大に紹介したんだ。宍戸は悪い趣味があったんだな。つまりロリコンってヤツだ。それでガマンできなくなって……」

夏希は気持ちが悪くなってきた。

「いい大人が、なんで自制できないのっ」

「ところが、蜂須賀は密室での二人の会話をこっそり録音していたんだよ。動かぬ証拠だ」

「それで脅迫を続けたんですね」

続けて上杉が口にした言葉は夏希のこころに稲妻のような衝撃を与えた。

「その少女こそ、今回の事件の主役とも言える小野木ゆんだ」

「あのゆんちゃんが……」

夏希は言葉を失った。

「そうだ。まだ高校生だった頃のゆんが被害者だ」

「かわいそう……ゆんちゃん」

夏希はゆんのきまじめでやさしい人柄を思い出して苦しくなった。

涙がにじみ出てきた。

「蜂須賀はその録音媒体をちらつかせて、サクラテレビアニメ制作局長の地位を要求した。たぶん、ゆんは蜂須賀が仕組んだことだとは気づいていないだろう。本当にひどい男さ。自分がセクハラ事件で左遷されたくせに、そんな卑劣な手段で出世をもくろんだなんてな」

「蜂須賀へのセクハラは誰が仕掛けたもくろみだったんですか」

「もしかすると、宍戸会長が蜂須賀を気に入らなくて罠《わな》にはめて左遷させたのかもしれないな。この後の捜査ではっきりするだろう」

「どっちもどっちですね」

「ああ、とにかく、蜂須賀は宍戸議員を脅してアニメ制作局長の地位をせしめようとした。だが、親父の宍戸会長はそんな要求は呑《の》まなかった。蜂須賀は何度も何度もボンクラ議員の息子を脅迫した。録音メディアをばらまくってな。ついに親父は腹を立てて、新庄直伸に蜂須賀の始末を命じたんだ」

「だけどなんで新庄は、人を殺せって命令に従ったんですか」

「詳しくは本人から聴かないとわからないが、新庄は相場に手を出して莫大《ばくだい》な借金を抱えていたようだ。そのままではヤクザに追い回されるような状況だったらしい。それをぜんぶ肩代わりしてやると宍戸会長にそそのかされたんだろう」

「だからって、ひどい話」

「言っておくが、この事件はまだまだひどい話が続くんだ」

「続けて下さい」

「新庄は蜂須賀殺しを他人にやらせようと計画を立てた。そこでターゲットになったのが本多杏奈だ。真田もすでに知っているとおり、杏奈があのアニメの主役を手に入れられなかったことは蜂須賀のせいじゃない。逆にゆんが多賀マリンの役をゲットしたのもハニートラップとは関係がない。だが、新庄はこの事実をねじまげたシナリオを書き始めた。宍戸会長の運転手時代の最後頃に、新庄は会長のお供で杏奈やゆんと二度ほど会っていて面識があったんだ。新庄は杏奈の激しい気性と、出世欲というか成功したい願望の強さを利用しようとしたんだ」

「それで杏奈ちゃんがターゲットにされたのね」

「そうだ。新庄はまずゆんのマネージャー、佐野綱也を抱き込むことに成功した。佐野から杏奈に誤った情報を吹き込み続けるためだ。また、ゆんと杏奈の仲を裂くためでもあった」

「どうしてそんなひどいことができるんだろう」

夏希の声は怒りに震えた。

「さぁ、それも佐野自身に聞いてみないとはっきりしないが、金か女か、悪事で弱みを握られていたか、そんな話だろう。ところで、新庄は贖罪幽鬼を名乗ってネット上から杏奈に近づき、佐野と歩調を合わせて洗脳し始めた」

「そうして蜂須賀への誤った憎しみを贖罪幽鬼と佐野に植えつけられた杏奈ちゃんは、新庄から指示された通りに蜂須賀を待ち伏せて、あの階段から突き落としたんですね」

「そういうことだ」

上杉は暗い声で短く答えた。

やはり彼も、蜂須賀を杏奈に殺させた教唆行為の悪質性は、痛いほど感じているのだろう。

「第二事件の犠牲者、声優の岩城貞行はなんで殺されたんですか」

「ああ、あいつは蜂須賀の一の子分だったんだ。鉄砲玉と言ってもいい。蜂須賀の脅しの使者として何度も宍戸事務所を訪れていた。こいつも始末しないと、すべてを覆い隠すことはできないからな」

「ところが、未練が残っていた杏奈ちゃんは岩城は殺せなかった」

「そうだ。それで新庄は杏奈のアリバイがはっきりしないような日を選んで、あの霊園で待ち伏せして岩城を殺したんだ。罪を杏奈になすりつけるためにね。射撃の腕もよかった新庄ならクロスボウを扱うのはなんでもない話だ」

「仕上げが水曜日の舞台なんですね」

「そうだ、蜂須賀と岩城を殺しても、ゆんというハニートラップの証人が生きていては都合が悪い。そこで、ああした派手な形の演出で杏奈にゆんを殺させ、しかもテレビで全国に広めさせることによって、新庄は自分の犯罪シナリオを隠そうとしたんだよ」

「なんて悪知恵の働く男なの」

「手品と一緒だよ。派手なことを右手で見せていれば、客の意識はそちらに集中する。だから左手でこっそりやっている裏の仕掛けは隠れてしまう。舞台での杏奈を観た誰もが、ほかに犯人がいるなんて夢にも思わないだろう」

　夏希は本当に吐き気がしてきた。警察に入ってからいままで出会ってきた犯罪者のなかでも新庄直伸ほど悪辣《あくらつ》で冷酷な男はいない。

　精神的にも未成熟な部分を持つ杏奈のこころを巧みに操って殺人鬼に仕立てようとした。しかも親友になれるはずだったゆんを殺させようとした。

　こんなにどす黒く汚らしい犯罪は憎んでも憎みきれない。

　杏奈やゆんが男たちをサルと罵倒《ばとう》するのも、あるときからは本心だったのかもしれない。

「でも、一人だけ証人が残りますよ」

杏奈のことだ。

「本当なら、杏奈も殺す予定だったんじゃないかな」

「でもあの舞台での犯行なら、どうしたって警察が身柄を確保するから殺せないでしょう」

「これは俺の想像に過ぎないんだが、遅効性の毒物を佐野がペットボトルのドリンクかなんかに混ぜて飲ませる予定だったんじゃないのか。警察に着いてからひと晩のうちに死んでしまうような毒物かなにかを」

「まさか……」

「だって、あの騒ぎのあと、ゆんのそばに付き添っていなきゃなんない佐野が見当たらなかったんだろ」

「ええ、たしかに佐野はどこにもいませんでした」

「佐野は直前でブルって、杏奈に毒物を与えなかったんだよ。それで新庄の仕返しが怖くなって逃げ出し、あの逗子ハーバー・リゾートの部屋に潜んでいたってわけだろう」

「杏奈ちゃんに嘘を吹き込む行為と、杏奈ちゃんを殺す行為ではハードルの高さがちがいますからね」

「ま、そういうことだな」

「でもよかった。間に合って」

「そうだな。死体の始末を思いついたら、新庄は佐野を殺したはずだからな」

「島津さんが応援に駆けつけてくれてよかったですね」

「まったくだよ。あいつには世話になった」

「それにしても、上杉さん、短い間でよく調べ上げましたね」

夏希には不思議でならなかった。これだけ複雑怪奇な事件のシナリオを見破るとは、上杉はどういう捜査をしているのだろう。

「捜査は情報戦だからな。まずは真田からの情報、加藤からの情報、政界に貼り付いている情報屋からの情報、マスメディア関係の情報屋からも役に立つ話をずいぶん聞けた。その上、サクラテレビ、宍戸景大事務所、ティアラ・プロモーションの三ヵ所を散々捜査したんだ。金も使ったし、喋《しゃべ》らない奴を喋らせるために相当な努力もした」

その「努力」を夏希は間近で見てよく知っている。違法行為もいとわない上杉独特のハードすぎる尋問方法だ。

「だが、いちばん有力だったのは、今日、真田からもらった情報だ。本多杏奈の供述のおかげで、すべてが矛盾なくつながったんだからな」

「ありがとうございます」

「それに昨日の夜から新庄は姿を消した。どうしても行方が摑《つか》めなかった。だが、真田があのマンションを教えてくれたおかげで早期解決でき、佐野も消されずに済んだ」

「直感が当たってラッキーでした」

夏希はいささか照れくさかった。

「真田はいい刑事《デカ》になれるな」

「イヤですよ。刑事なんかになりたくありません」

脳裏に「捜査依存症」という言葉がよぎった。

「ははは、そうだな。やめといたほうがいい」

上杉は愉快そうに笑った。

「ところで、黒田刑事部長はどこまでご存じだったんですか」

「部長はサクラテレビの宍戸会長と面識があった。蜂須賀の悪評も知っていた。セクハラ事件と本件は直接の関係はないかもしれないが、いずれにしても宍戸会長と蜂須賀の周辺に怪しい臭いを感じ取ったんだろう。今回の事件でそのあたりがいろいろとからんでいると想像しただけのようだ」

「すごい想像力ですね」

「想像力は捜査官にとって重要な能力のひとつだよ。官僚にとってもな。幸い、黒田刑事部長は想像力が豊かだ。俺だって今回も想像力をフルに発揮したんだよ」

「すごくよくわかります」

夏希の想像力ではとてもこのシナリオの解明はできなかったはずだ。

「想像力の欠如した人間はまず人の痛みがわからない。人がなぜそうした行動をとるのか、その感情を理解できない。こんな人間は捜査官には向くわけがない。当然ながら、官僚でも政治家でも経営者でも人の上に立つ人間にも要求される能力だ」

「いつも忘れないようにします。想像力豊かな人間になれるように努力します」

「ずいぶん素直じゃないか」

「だって、上杉さんのおかげで世の中で最悪に分類されるべき男が逮捕されたのですよ。想像力が大事ってことがよくわかりました」

「新庄は警察の尋問がどんなものか知っているから、すべてを喋るだろう。これで宍戸父子《おやこ》も終わりだな」

「終わってほしいです。二人とも白日のもとで正しく裁かれるべきです」

ふたたび夏希のこころにどす黒い怒りが湧き上がった。

新庄も佐野も宍戸父子も地獄に墜《お》ちればいいのだ。

だが、警察官たるもの、決してそんな言葉を口にしてはならない。悪感情は社会を明るくすることはない。

今回の事件のすべてが明らかとなったいま、夏希のこころは寒々と冷え切っていた。

夏希は話題を変えたくなった。

「冴美さんと上杉さんってどういう関係なんですか？」

あの現場から訊《き》いてみたかった話だった。

「どういうって、同じ刑事部の仲間だよ」

「ウソ……それだけとは思えない」

「だって、前回会ったときの冴美さんと今夜の彼女は別人みたいでしたよ」

「どう別人なんだよ？」

「今夜はすごくのびのびしていて可愛らしかった」

「あいつと俺は古なじみなんだよ。もう十五年以上前から知っている」

「そうなんですか」

「あいつが高卒で入って来たときに、俺も神奈川県警の所轄署にいてな。警務課の同僚だったんだ。けっこう気が合ってね」

「つきあわなかったんですか」

「ギリギリまで行ったんだが、いろいろあってつきあうことはなかった。島津はそのまま結婚もせずに勤め続けた。途中から刑事畑に移って、ついに特四の主任になった」

「頑張り屋なんですね」

「ああ、女性で特殊捜査班の主任は彼女一人のはずだ。気の強い女だよ」

「でも、魅力のある人ですよ」

「出会った頃は、あんな怖いおばちゃんじゃなくってさ。ぴちぴちのかわいこちゃんだったよ」

「それ三重に失格発言です」

「なんでよ？」

「なんでさ？」

「三十代の女性をおばちゃんと呼んではいけません。若い女性の魅力をぴちぴちと表現するのは不適当です。それに……かわいこちゃんって、上杉さんいったいいくつですか？　完全に死語の世界ですよ」

「あ、そうなの？」

「しかも、あんなに素晴らしい女性を、年齢だけで評価するのは最低です」

「ま、若い女はつまんないけどな。とくに俺は杏奈とかゆんくらいの年頃の女のおもりは苦手だ」

「とにかく、上杉さんといるときの冴美さんってすごくリラックスしているんですよ。あんなに緊迫した場面なのに」

「まさかと思うけど、嫉《や》いてんのか？」

　まじめな上杉の声だった。

「え……」

　ぎくっときた。ちょっとイライラするのは嫉妬《しっと》なのだろうか……。

「嫉いてますね。冴美さんの魅力に」

　だが、夏希は余裕で答えることができた。

「なるほどな」

「いい女ですよ、彼女は。上杉さん、冴美さんにアタックしたらどうですか」

「大きなお世話だ。ほっといてくれ」

ぶっきらぼうに上杉は答えた。

「あ。照れた」

「照れてないよ」

「照れてますよ」

「それより、真田、自分のこと心配しろよ」

からかうような調子で上杉は言った。

「そうですねぇ。問題ですよねぇ」

「小川ともうまくいかないみたいだったしなぁ」

「一緒にいてホッとしたときもあるんですけど、やっぱりなんて言うか子どもっぽいんですよね」

「いいじゃないか。前も言ったけど、真田、小川を叱ってやれよ」

「いやですよ。そんな役割は」

自分は小川のかぁちゃんになる気もママになる気もない。

交際相手は精神的にある程度成熟していてほしい。

ランクルはいつの間にか舞岡の丘に辿《たど》り着いていた。

マンションの前でクルマを停めると上杉がドアを開けて外へ出た。

夏希は不審に思ったが、助手席からアスファルトの地面に飛び降りた。

上杉は東の空を指さした。

「いい月じゃないか」

暗い空にちょっといびつな月が青く輝いている。

「ほんとうにきれい」

「たしか今夜は立待月だよ。旧暦八月じゃないから、ま、十七夜月だな」

「そうでしたか」

「満月ばかりが月じゃないよな」

「どういう意味ですか」

「満ちてゆく途中も欠けてゆく途中も月はそれぞれに美しいと思うんだ」

「それって人生のたとえですか」

「なんだって？」

「わたしはいま満ちているのか欠けているのかどっちなのかと思いまして」

年齢的には、ある意味微妙な問題だった。

「別にそんな深い意味で言ったんじゃないよ。俺は夕空に輝く糸のような三日月も好きだし、夜明け前の空に光る有明月も好きだ。ただ、それだけだ」

「変に意味深な言い方しないで下さいよぉ」

夏希は上杉の背中を掌で叩《たた》いた。

あたたかくて大きい背中だった。

「痛《いて》ぇなぁ。真田、意外と力強いんだな」

上杉はふざけて大げさに騒いだ。

事件が解決したときにはどんな警察官も陽気になる。

「じゃ、おやすみ」

上杉は右手を挙げて運転席のドアを開けた。

「おやすみなさい」

夏希はどこかにさみしさを残したまま別れの言葉を口にした。

もっと長いこと上杉と月を眺めていたかった。

だが、上杉のランクルはマンションの前を離れて丘を下り始めた。

赤いテールランプが目にしみた。

まわりの畑では、たくさんのヒマワリがいっせいに開花していた。

函館にいたときも大好きな花だった。華やかな黄色い花は、吹き渡る南風に波のうねりのように揺れていた。

立待月はいよいよ蒼《あお》く、いよいよ冴《さ》えていた。

本作品は、書き下ろしです。
本書はフィクションであり、登場する人物・組織などすべて架空のものです。

脳《のう》科《か》学《がく》捜《そう》査《さ》官《かん》　真《さな》田《だ》夏《なつ》希《き》

パッショネイト・オレンジ

鳴《なる》神《かみ》響《きよう》一《いち》

令和２年　７月25日　初版発行

発行者●郡司 聡

発行●株式会社KADOKAWA
〒102-8177　東京都千代田区富士見2-13-3
電話　0570-002-301（ナビダイヤル）

角川文庫 22248

印刷所●株式会社暁印刷
製本所●株式会社ビルディング・ブックセンター

表紙画●和田三造

●お問い合わせ
https://www.kadokawa.co.jp/（「お問い合わせ」へお進みください）
※内容によっては、お答えできない場合があります。
※サポートは日本国内のみとさせていただきます。
※Japanese text only

ISBN 978-4-04-109588-1　C0193

◇◇◇

角川文庫発刊に際して

角川源義

第二次世界大戦の敗北は、軍事力の敗北であった以上に、私たちの若い文化力の敗退であった。私たちの文化が戦争に対して如何に無力であり、単なるあだ花に過ぎなかったかを、私たちは身を以て体験し痛感した。西洋近代文化の摂取にとって、明治以後八十年の歳月は決して短かすぎたとは言えない。にもかかわらず、近代文化の伝統を確立し、自由な批判と柔軟な良識に富む文化層として自らを形成することに私たちは失敗して来た。そしてこれは、各層への文化の普及滲透を任務とする出版人の責任でもあった。

一九四五年以来、私たちは再び振出しに戻り、第一歩から踏み出すことを余儀なくされた。これは大きな不幸ではあるが、反面、これまでの混沌・未熟・歪曲の中にあった我が国の文化に秩序と確たる基礎を齎らすためには絶好の機会でもある。角川書店は、このような祖国の文化的危機にあたり、微力をも顧みず再建の礎石たるべき抱負と決意とをもって出発したが、ここに創立以来の念願を果すべく角川文庫を発刊する。これまで刊行されたあらゆる全集叢書文庫類の長所と短所とを検討し、古今東西の不朽の典籍を、良心的編集のもとに、廉価に、そして書架にふさわしい美本として、多くのひとびとに提供しようとする。しかし私たちは徒らに百科全書的な知識のジレッタントを作ることを目的とせず、あくまで祖国の文化に秩序と再建への道を示し、この文庫を角川書店の栄ある事業として、今後永久に継続発展せしめ、学芸と教養との殿堂として大成せんことを期したい。多くの読書子の愛情ある忠言と支持とによって、この希望と抱負とを完遂せしめられんことを願う。

一九四九年五月三日